D E A R + N O V E L

スリーピング・クール・ビューティ

鳥谷しず
Shizu TORITANI

新書館ディアプラス文庫

S H I N S H O K A N

スリーピング・クール・ビューティ

目次

イラストレーション／金ひかる

スリーピング・クール・ビューティ

もう三時間以上座りこんでいる公園のベンチから、椿原悠莉《つばきはらゆうり》は目の前のマンションを溜め息混じりに見上げた。

そろそろ日付は変わろうとしているが、瀟洒《しょうしゃ》な低層マンションの最上階のその部屋には、いつまで待っても一向に明かりの点《つ》く気配がない。

九月も半《なか》ばが近いというのに、まるで真夏日のようだった今日は、朝からずっと外回りの一日だった。疲労は極限に達する寸前だったが、あの部屋に住む男に会わなければ、今日の仕事は終えられない。

「……早く帰って来いよ、灰音《はいね》さん」

力なく項垂《うなだ》れ、ほとんど祈るような思いで呟いたときだった。「こんばんはぁ、お兄サン」と、若い男の声がした。顔を上げると、近づいてくるひとりの警官の姿が見えた。

「何時間もそこに座ってるみたいだけどさ、何してンの？」

「……仕事で、人を待っているんですが」

閑静《かんせい》な高級住宅街であるこの周辺には、マンションの敷地内にある公園以外に、灰音の帰宅を待ちながら時間を潰《つぶ》せそうな場所が見当たらなかった。

住民の目につかないよう木陰《こかげ》に身を潜《ひそ》めていたが、それが却《かえ》って怪しまれたのか、どうやら不審者として通報されたらしい。

疚《やま》しいことは何もないとはいえ、生まれて初めて受ける職務質問に、答える声が思わず上擦《うわず》った。

「こんな時間に？　何の仕事してる人？」

悠莉よりも幾分《いくぶん》年上の、二十代後半に見える警官は、矢継ぎ早に質問を繰り出した。

「弁護士です」

「それにしちゃ、派手な髪だねぇ」

普段は赤みがかった濃い杏色《あんずいろ》だが、今は少し離れた場所の照明灯の光を纏《まと》い、茶金色に浮かび上がっている緩《ゆる》い癖《くせ》のある髪を、警官は胡散臭《うさんくさ》げにしげしげと見遣《みや》る。

「この髪は地毛です。私はクォーターなので」

「へえ、クォーターの弁護士さんかぁ。格好いいねえ。で、バッジ、何でしてないの？」

職務中の弁護士ならば、当然付けているはずの弁護士バッジが見当たらないスーツの襟元《えりもと》を鋭い視線で一瞥《いちべつ》し、警官は問う。

「紛失《ふんしつ》してしまって、まだ再交付されてないんです」

「あ、そう。ま、とにかく、何か身元を証明するもの見せてよ、弁護士さん」

そのいかにも疑わしげな声音は、日頃からごく聞きなれたものだった。

悠莉は大抵、勤務先の大伴《おおとも》法律事務所を初めて訪れた依頼人に、芸能人志望の電話番アルバイトか何かと勘違いされる。

原因は、先月司法修習を終えたばかりの二十四歳という若さと、フランス人とのハーフである母親によく似た容姿だ。身長は一七三センチと中背《ちゅうぜい》だが骨格は華奢《きゃしゃ》で、肌《はだ》の白さが目立つものの辛《かろ》うじて日本人に分類可能な造りの顔にしても、とにかく線が細く中性的だ。

何より、浮《うわ》ついて見えるらしい杏色の髪が頼りない印象に拍車をかけているようで、悠莉が自分は弁護士だと告げると、誰もが皆一様に不審感をあからさまにするのだ。

「零細《れいさい》事務所勤めですので、名刺くらいしかありませんが」

「免許証は？」

「持ってません」

「じゃ、名刺でいいよ。確認取るから出して」

名刺を出そうと鞄《かばん》を開きかけ、悠莉はふと思い留まる。

もしこんな夜中に、「公園にいた不審者が、お宅の事務所の弁護士だと言っているので、確認に来てください」などと交番から安眠妨害《ぼうがい》の電話がかかってきたりすれば、所長の大伴はきっと激怒するだろう。

大学のゼミの十年先輩に当たる大伴は、就職先が決まらず路頭に迷いかけていた悠莉を恩師に頼みこまれて嫌々雇《やと》っているのだ。

ただでさえ、採用されてまだ半月足らずにもかかわらず、給湯室の蛇口《じゃぐち》を壊して事務所の床を水浸《みずびた》しにしたり、交通事故の目撃者探しの最中に熱中症にかかって見ず知らずの通行人に病院へ担《かつ》ぎこまれたあげく、「弁護士も行き倒れる残暑の厳《きび》しさ」などと全国紙で報じられたりと、大伴の血管を切らせっ放しの毎日で、つい二日前には弁護士バッジを紛失して鼓膜《こまく》が破れるかと思うほど怒鳴られたばかりなのだから、悪くすれば今度こそクビだ。

――逃げよう、と悠莉は意を決する。

今晩中に灰音に会えなければ、明日の朝、使えない奴《やつ》だの、猫の手以下だのと事務所に大伴の怒号が響き渡るのは目に見えているが、今は弁護士の就職氷河期だ。

ようやく見つけた働き口を失うよりは、どんなに長くても小一時間もすればやむとわかっている怒号の嵐に耐えるほうがずっとましに思えた。

「あの、名刺、切らしてました」

愛想《あいそ》笑いを貼りつけて鞄を閉じると、警官も「じゃあ、代わりに交番で話聞かせてよ。麦茶くらいなら出すからさ」と剣呑《けんのん》に笑う。

悠莉は大人しく従うふりをして、公園を出た瞬間、全速力で逃げた。

だが、いくらも走らない曲がり角で、背の高い男と出会い頭《がしら》にぶつかった。そして、そのままバランスを崩し、男の上に倒れこんでしまった。

「す、すみません、大丈――」

「おい、こらぁ！　待てぇ！」

謝罪《しゃざい》しようとした悠莉の声を、猛烈《もうれつ》な勢いで追ってきた警官の怒声がかき消す。

すぐに逃げなければ追いつかれてしまうが、押し倒した男が怪我でもしていないかと気になった。弁護士の倫理観というより人としての道義と、失業者にはなりたくないという保身が頭の中でせめぎ合う。

しかし、結論を出す間もなく、突然、骨が軋《きし》むほどの強い力で手首を摑《つか》まれ、動けなくなる。

「あれは、君に言っているのか？」

悠莉の手首をしっかりと摑んだまま立ち上がって、男が少し低めの凜然《りんぜん》とした声で問う。

三十代の前半だろうか。一八〇センチを優《ゆう》に超えた、すらりとした長身に一分《いちぶ》の隙もなく纏われた上質そうなスーツ。そして、丁寧《ていねい》に後ろに流された髪の極上の絹糸を思わせる漆黒《しっこく》がよく映《は》える、涼やかで秀麗《しゅうれい》な白皙《はくせき》。

男だとわかっていても、思わず目を瞠《みは》らずにはいられない並みはずれた美貌《びぼう》だった。

けれども、貴族的な気品の漂《ただよ》うその顔はあまりにも整い過ぎて、無機質な冷ややかさばかりが際立っており、まるで黒曜石を嵌《は》めこんだような双眸《そうぼう》をまっすぐに向けられた瞬間、悠莉は瘴気《しょうき》でも浴びたかのような寒気に襲《おそ》われた。

「――は、離して、ください」

「警察官に待てと言われたら、待つのが善良な市民の義務だ」

刃《やいば》めいた、凍《い》てつくような視線に射抜かれ、背がぞわりと粟立《あわだ》つ。

心の中まで抉《えぐ》られてしまいそうなひどく鋭利で冷たい眼差《まなざ》しに、本能的な恐怖を覚え、逃げ出したい衝動《しょうどう》が湧き起こる。

手首を摑まれたまま後退《あとず》さろうとしたが、そこへ警官が息を切らせて駆け寄ってきた。

「ご協力、感謝しますっ」

そう男に礼を述べた後、警官は続けざまに「あ」と驚いた声を上げた。

「署長《しょちょう》！　お久しぶりですっ」

警官の顔を見て、「ああ、小山《こやま》君か。久しぶりだな」と男は声音を和《やわ》らげた。

「君は今、ここの署の勤務なのか」

「はい。この春に本富士署《もとふじ》からこっちに異動になりました。署長は今、どちらに？」

「本庁だ」

「そうなんですか。ところで、署長はここで何を……、あ、もしかして、この近所にお住まいなんですか？」

「ああ。すぐそこだ」

この年齢で既に署長を経験しているということは、男は間違いなく警察官僚だ。

そして、悠莉が帰りを待っていた灰音もそうだった。

三十二歳の灰音と同年代の、しかも官舎などあるはずのない高級住宅街に住む警察官僚。

——もしかして、という思いが脳裏《のうり》を過《よ》ぎったときだった。

「それより、私はもう本富士の署長じゃないんだ。その呼び方はやめてくれ。灰音でいい」

「や、ですが、俺にとって、署長は初めての署長でしたから、今でも署長は署長でして」

「あの、灰音さんっ、灰音紫乃《しの》さんですか？」

はにかんだ様子の警官を押しのけるようにして叫んだ悠莉に、ふたり分の怪訝《けげん》な視線が突き刺さる。

「……そうだが、君は誰だ？」

「今日の午後、警視庁にお伺《うかが》いした大伴法律事務所の椿原です。ご不在とのことでしたので、受付の方にご連絡を頂《いただ》きたいとお願いして、名刺をお渡ししてきたのですが」

灰音は一瞬首を傾《かし》げたが、すぐ「ああ」と呟き、摑んでいた悠莉の手を離した。

「小山君、彼は何かしたのか？」

「いえ、特には。ですが、この先の公園に何時間もいて様子がおかしいと通報があり、話を聞こうとしたところ、急に逃げ出しまして」

「どうして、逃げたんだ？」

冷徹《れいてつ》な目で見据《みす》えられて身が竦《すく》み、つい馬鹿正直に「所長に連絡されると困るので」と、本当のことを白状してしまう。

なぜだ、と灰音は尋問《じんもん》口調の問いを重ねる。

「とても、怖《こわ》——厳しい人なので……」

「小学生レベルの理由だな。昨今は、弁護士の質もずいぶんと落ちたものだ」

侮蔑《ぶべつ》が剝《む》き出《だ》しにされた声音が耳に届いた瞬間、灰音への怯《おび》えを凌《しの》いで怒りが湧いた。

「た、確かに私の行動は弁護士として褒《ほ》められたものではありませんが、でも、そもそも、灰音さんから連絡を頂けてさえいれば、公園で馬鹿みたいに何時間も待《ま》ち伏《ぶ》せして、不審者扱《あつか》いされることはなかったんです」

「責任転嫁《てんか》も甚《はなは》だしい。君は用件を尋ねられた際、私本人にしか言えないの一点張りで、弁護士だと名乗りながら、弁護士バッジもしていなかったそうじゃないか」

灰音は冷淡な声を静かに放ちながら、足元に落ちていた鞄を拾い上げる。

「それに、応対した受付の話では、派手な赤毛パーマの、リクルートスーツを着た学生にしか見えなかったそうだからな。そんな不審人物に、連絡を取るはずないだろう」

「――なっ」

色白で華奢な体型のせいか、今でも私服だと高い確率で学生に間違われるし、着ているスーツはまさにほんの一月前まで行《おこな》っていた就職活動用のリクルートスーツだった。

純粋《じゅんすい》な日本人に比べて、髪が派手なのも事実だ。

外見が弁護士らしくないのは、嫌というほど自覚している。

だが、自分の身体に流れる血を否定するようで、髪を染めたくはなかったし、司法修習を終えたばかりの今はまだ、スーツを新調する余裕などとてもない。

自分ではどうにもできないそうしたことを嘲笑《ちょうしょう》や蔑《さげす》みの対象にされるのは、我慢がならなかった。何より、灰音の人を傲然《ごうぜん》と見下す冷ややかな物言いが許せなかった。

怒りと屈辱《くつじょく》が綯《な》い混《ま》ぜになって頭の中で煮え、咄嗟《とっさ》に言葉が返せないでいる悠莉の代わりに、小山が「この人、クォーターで、あの髪は地毛だそうですよ」と言う。

灰音は「なるほど」と小さく頷き、悠莉に値踏みするような視線を向ける。

「勤務先でどういう教育を受けているか知らないが、その頭と若さがどうしようもないのなら、せめて信頼感を与える格好を心掛けるべきだろう。弁護士であることを唯一《ゆいいつ》証明するバッジを外すなど、もってのほかだ」

「バッジは失《な》くした、と言っていました」

またも悠莉に代わって小山がそう告げると、灰音は形のいい柳眉《りゅうび》をひそめて軽蔑を露《あら》わにした。

「べ、べつに失くしたくて失くしたわけじゃありません。それに、受付で用件を言わなかったのは、貴方《あなた》のプライベートに関することで依頼を受けたからです。そんなこと、第三者にぺらぺら喋《しゃべ》れるはずないじゃないですかっ」

侮《あなど》られた悔しさと怒りに任せて一気に捲《ま》くし立《た》てた直後、小山が携帯する無線機が呼び出し音を響かせた。

胸元にぶら下げていたイヤホンを慌ててつけた小山は、無線を聞きながら灰音に「酔《よ》っ払《ぱら》いが喧嘩《けんか》してるそうなんですが」と、懇願《こんがん》するような眼差しを向ける。

「……仕方ない。彼は私が引き受けよう。何か問題があればあとで報《しら》せるから、行きなさい」

小さく息をついて言った灰音に「お願いします」と勢いよく頭を下げ、小山は事件現場へ向かう。

遠ざかるその後ろ姿を一瞥して、灰音が「依頼人は妻か？」と問う。

ええ、と短く肯定《こうてい》の言葉を返すと、それだけで依頼内容を察したようで、灰音は端整な顔を不快げに歪《ゆが》めた。

「そういう内容のことなら、まず事前に連絡を入れるべきだろう。いきなり警視庁《しょくば》に押しかけてくるなど、非常識にもほどがある」

「いきなりではありません。奥様から番号を伺った灰音さんの携帯に昨日から何度も電話を差し上げましたが、出ていただけませんでした」

「知らない番号の電話には出ない主義だ」

「だと思いました。一応、警視庁のほうにも電話をして呼び出しをお願いしましたが、取り次いでいただけませんでしたので、直接お伺いせざるを得なかったんです」

高い位置で冷ややかな光を宿している双眸を睨《にら》みつけ、悠莉は言う。

「奥様は一刻も早く、できれば明日にでも離婚したいと仰《おっしゃ》っています。そのご依頼をお引き受けした以上、悠長に電話が繋《つな》がるのを待っていられなかったものですから」

この高慢な男に資産家の娘である妻から捨てられたのだという惨《みじ》めな現実を叩きつけ、悠莉は胸の空《す》く思いで言葉を紡《つむ》いだ。

だが、灰音には動じた様子など微塵《みじん》もなく、返ってきたのは「離婚をする気はない」の一言だけだった。

「理由を聞かせてください」

「君に答える必要はない」

「答えていただかなければ、困ります」

「勝手に困ればいい。私には関係のないことだ」

「質問に答えていただくまで、帰りませんから。こちらも仕事ですので」

そう食い下がると、灰音が苛立《いらだ》たしげな渋面《じゅうめん》を作った。

「君は、私に借りがあるだろう」

「は？　借り？」

「そうだ。君が交番に連行されずに済んだのは、いったい誰のお陰だ？」

冷気を孕《はら》んだ声で問われ、返答に詰まる。

職務質問をかけてきた小山に対し、悠莉は身元を証明する物を何も提示しておらず、あまつさえ逃げたのだ。

もし、あの場で灰音が悠莉を引き受けていなければ、「どうやら間の抜けた新米弁護士らしいが、念のために」と交番へ連行されていたことだろう。

「窮地《きゅうち》を救ってもらっておきながら、礼のひとつも言えないのか、君は」

「……あ、ありがとうございます」

渋々そう言った途端、妻に見限られた灰音への「いい気味だ」という思いや、離婚を拒否する理由を聞き出すまでは絶対に引き下がらないという戦意が、空気を抜かれた風船のように萎《しぼ》んでいった。

「本当に感謝しているのなら、さっさと消えてくれ。目障《めざわ》りだ」

灰音は取り付く島もなく吐き捨て、そのまま足早に去っていった。


「ほー。で、離婚する気はないから帰れと言われて、はい、そーですか、と素直に引き下がってきたのか、お前は」

翌日の朝一番に、不都合なことは全て省略して昨夜の報告をすると、大伴《おおとも》は読んでいた新聞を畳《たた》みながら、悠莉《ゆうり》に向ける目を細めた。

問う口調は淡々としていたが、眼光のきつい双眸《そうぼう》には役立たずの部下への激しい怒りが、肌《はだ》に突き刺さるほどはっきりと満ちていた。

「……すみません」

「馬鹿野郎！　ガキの使いじゃねえんだぞっ」

蛇《へび》に睨《にら》まれた蛙《かえる》にでもなった気分で頭を下げた瞬間、怒号が轟《とどろ》き渡《わた》る。

「てめえ、その人形みたいに小《ち》っせえ頭の中には、何が入ってんだ、あぁ？　脳みその代わりに、ソバ殻《がら》か藁屑《わらくず》でも詰めてんのか？　それとも、空洞か？　ちょっと脚蹴《あしげ》にされたからって、尻尾《しっぽ》巻いて逃げ帰ってちゃあ、この商売上がったりだってことぐらい、わからねえのか！」

いつもなら、聴覚を破壊する雷鳴のようなこの罵詈雑言《ばりぞうごん》混じりの叱責《しっせき》は最低でも十分は続く。しかし、今回は顧客からの急な呼び出しの電話に邪魔され、ほどなくやんだ。

不機嫌極《きわ》まりない顔で慌ただしく出ていく大伴を見送った悠莉は、思わぬ幸運に感謝しつつ、出端《でばな》を挫《くじ》かれた灰音《はいね》との交渉《こうしょう》をどう進めようか思案した。あれこれ考えを巡《めぐ》らせながら給湯室で珈琲《コーヒー》を淹《い》れていると、建てつけの悪い扉が軋《きし》みを上げて開く音がした。

大伴が忘れ物でもして取りに戻ったのだろうかと思い、見遣《みや》った扉口には、青のワンピースを纏《まと》った灰音留美《るみ》が立っていた。

「こんにちは、椿原《つばきはら》先生」

悠莉と目を合わせた留美が、口元を小さく綻《ほころ》ばせた。

「急にごめんなさい。今、いいかしら？」

夫が離婚に応じてくれない、と留美が相談に訪れたのは昨日の朝のことだった。

灰音より三歳年下で、華《はな》やかな面立《おもだ》ちをふわりと縁取《ふちど》る長い黒髪が印象的な留美は、関東で複数の病院を経営する医療法人の総裁令嬢《れいじょう》だった。官僚の灰音と所謂《いわゆる》政略結婚をして五年目を迎えた今年の夏、留美曰《いわ》く「運命の相手」に出会い、離婚を決意したのだそうだ。

灰音とは結婚当初からまったくの仮面夫婦だったため、高額の慰謝料《いしゃりょう》を支払えばすぐに離婚できると思っていたらしい。しかし、そんな思惑《おもわく》に反して、灰音は離婚を承諾《しょうだく》するどころか、話し合いに応じようとすらせず、業《ごう》を煮やした留美は先週自宅マンションを出て、今は相手の男の家で暮らしているようだ。

夫婦間で離婚の合意ができない場合、最終的には裁判で離婚判決を求めることになるが、留美には裁判を起こす気はなかった。

官僚にとって、離婚はただでさえ出世の不利になる。

仮面夫婦とはいえ、不貞を犯しているのは自分だという負い目から、警察内での灰音の立場を慮《おもんぱか》り、穏便に離婚を成立させたいと望んでいるのだ。

裁判沙汰《ざた》にせず、速やかに離婚ができるのなら、いくらかかってもかまわないと言う留美の依頼を、金払いのいい客が何より好きな大伴はふたつ返事で引き受けた。だが、現在、手が離せない大きな案件を抱《かか》えていたために、担当についたのは悠莉だった。

灰音との交渉の進捗《しんちょく》具合について連絡を入れるのは、何か進展や問題がない限り、三日ごとの約束になっていた。

それを待たず、どうして突然事務所に来たのだろうかと訝《いぶか》りながら、悠莉は「ええ」と笑みを返す。

「とりあえず、あちらへどうぞ」

応接室へ促《うなが》すと、留美は「お詫《わ》びに来ただけで、すぐ帰りますから」と微笑した。

「早速、夫のところへ行っていただけたんですね。昨夜、電話がありました。それで、話を聞いて驚いたんですが……、あの人、先生にものすごく失礼なことを言ったんでしょう？」

灰音の発言は、そのいちいち全てが失礼だった。「ものすごく失礼なこと」とは、いったいどれを指しているのだろう、と一瞬考えた悠莉に、留美が「本当にすみません」と詫びる。

「元々、口の悪い人なんですが、でも、まさか初対面の先生にまで、そんな態度をとるなんて……」

「難しい交渉相手には慣れていますから、お気になさらず。それより、ご主人は電話で何と？もしかして、何か酷《ひど》いことを言われたのではありませんか？」

あの尊大で冷淡な男が、留美にも精神攻撃的な暴言を吐《は》いたのではないか、と心配した悠莉の問いは、「いいえ」と即座に否定された。

「弁護士の先生を雇《やと》ったことには少し怒っていましたけど、私への電話というより、ほとんど先生への伝言でしたから。今度から先生の電話にはちゃんと出るので、来られる前には連絡を頂《いただ》きたいそうです」

「わかりました。そうします。ご主人は離婚のことについては、何も仰《おっしゃ》らなかったのですか？」

「ええ。いつも通り、まったく何も。……いっそ、詰《なじ》られたほうが気が楽になるんですけど」

留美は細く息を落としたあと、無理やり作ったような笑みを浮かべ、「これ、忘れないうちに」と手にしていた高級老舗《しにせ》和菓子店の紙袋を差し出してきた。

「詰まらないものですが、昨夜のお詫びです」

「このようなお気遣《きづか》いは無用ですので」

「でも、あの人、きっと、これからもまた失礼なことを言うでしょうから」

結構です、受け取ってください、と押し問答を何度か繰り返したあと、悠莉と留美は顔を見合わせて小さく吹き出した。

「では、ありがたく頂戴致《ちょうだいいた》します。ご主人に何を言われても負けずにちゃんと説得できるよう、これを頂いて脳に糖分を補給します」

紙袋を受け取ると、留美は淡く微苦笑した。

「……先生。私、嫌な女ですよね」

「え？」

「いくら仮面夫婦でも、他に好きな人ができたから離婚しろだなんて勝手な要求を突きつけたりして……。自分でも、何て嫌な女なんだろうって思います」

そんなことありません、と悠莉は首を振って静かに言う。

「人を好きになる気持ちはどうしようもないものですし、誰にだって好きな人と幸せになる権利がありますから」

弁護士になってからのこの半月の間に会った依頼人や関係者は全員が悠莉より年上で、「あんた」や「お前」、よくてもせいぜい見下した口調の「君」呼ばわりされることが常だった。

だが、留美は、辣腕《らつわん》弁護士として名を馳《は》せている大伴ではなく、司法修習を終えたばかりの悠莉が担当につくとわかっても嫌な顔ひとつしなかった。

そればかりか、「その若さで司法試験に合格された優秀な先生についていただけるなんて」とまで言って、喜びさえしてくれた。

個人的には、不倫は社会の倫理に反する行為だと考えている。

けれども、自分を初めて「先生」と呼んでくれた依頼人である留美に、悪感情を抱《いだ》くことなどできるはずもなかった。大伴には鼻で笑われたし、自分でも単純過ぎるとは思うが、留美の幸せを本気で願わずにはいられなかった。

「優しいんですね、先生」

どこか泣き出しそうにも見える笑みを浮かべると、留美は「どうか、よろしくお願いします」と深々と頭を下げた。

まっすぐに寄せられるその信頼が、どうしようもなく嬉しい。

灰音の高慢さへの反感も手伝い、悠莉は心の底から留美の信頼に応《こた》えたいと思った。


留美が帰ったあと、悠莉は早速灰音の携帯に電話をかけたが、繋《つな》がらなかった。

留美に伝言を頼んだくらいだからわざとではなく、会議中か何かでたまたま電源を切っているのだろうと思ったが、その後《ご》、何度かけ直しても繋がらず、結局連絡がつかないまま夜になった。

他の仕事を全て終え、帰宅準備をしながらもう一度かけてみても、結果は同じだった。

「嘘つき野郎」

低く呟き、腹立ち紛《まぎ》れに携帯電話を乱暴に折《お》り畳《たた》んだ直後、「おい、オレンジ！　ちょっと来い！」と外出から帰って来たばかりの大伴のデスクから怒声が響いた。

これまでの傾向から考えて、悠莉を髪の毛の色で呼ぶときの大伴は、大抵、機嫌が悪い。

おそるおそる様子を窺《うかが》ってみると、やはり大伴は眉間《みけん》に皺《しわ》を刻み、額に青筋を立てた鬼の形《ぎょう》相《そう》で、手にした書類を睨《にら》みつけていた。

先ほど提出しておいた債務《さいむ》整理案件の返済計画書に、許しがたい初歩的ミスでもあったのだろうか、と悠莉は背を強張《こわば》らせて大伴のデスクの前に急ぐ。

これを見ろ、と突きつけられたのは返済計画書ではなく、このビルの所有者である大伴の親族から送られてきた、悠莉が水没《すいぼつ》させた床の修理費の請求書《せいきゅうしょ》だった。

「自分のヘマの責任は自分で取れ。この分は、お前の給料から差っ引くからな」

「……あの、保険は下りないんですか？」

請求額に軽い眩暈《めまい》を覚えつつ問うと、「ない」と言下《げんか》に無慈悲《むじひ》な言葉が返された。

「十年前から更新し忘れてたらしい。いい加減なジジイだからな。つうことで、あの姉ちゃんからの成功報酬《ほうしゅう》が入んねえと、今月と来月、給料ないぞ。それが嫌なら、締め日までに離婚届に判を押させろよ」

「で、でも、締め日までって、あと一週間ちょっとしかありませんが……」

「お前は馬鹿か、椿原。だーかーらー、早くしろっつってんだ」

熱中症で行き倒れたり、弁護士バッジを紛失したりしたことについては、不注意だった自分に全面的な非があるので、どれだけ叱責《しっせき》されても仕方がない。

だが、特に乱暴に扱《あつか》ったわけでもなく、ただ水を出そうと普通に捻《ひね》っただけで取れてしまった給湯室の蛇口《じゃぐち》の件に関しては、悠莉にも少しばかり言い分がある。

一階が事務所に、そして二階が大伴の住居になっているこの二階建ての大伴ビルヂングは、昭和初期に竣工《しゅんこう》され、戦火を潜《くぐ》り抜《ぬ》けた代物《しろもの》だ。

何十年前に取り付けられたのか定かではない給湯室の蛇口はかなり錆《さ》びついていて、いつ取れてもおかしくない状態だった、と通報で駆けつけた水道局の職員の全員が口を揃《そろ》えていた。だから、責任の大半はメンテナンスを怠《おこ》たったビルの所有者、そして蛇口の錆《さび》つきを認識しておきながら、わずかな出費を惜しんで放置していた借主の大伴にあるはずだ。

一瞬、そう抗弁して戦ってみようかと思った。だが、海千山千《うみせんやません》の経験を持つ老獪《ろうかい》な大伴に口で勝てる気がせず、結局はすぐに考え直して「わかりました」と項垂《うなだ》れた。

理不尽な裁断に恨《うら》めしさを覚えたが、湧き起こった怒りが向いたのは大伴ではなく、一向に電話に出ない灰音だった。

自分を初めて弁護士と認めてくれた依頼人である留美のためにも、必ず離婚届に押印《おういん》させてやると闘志《とうし》を新たにし、悠莉は灰音のマンションに向かった。

八時半過ぎに到着してみると、灰音の部屋にはまだ明かりがついていなかった。

周辺での待ち伏《ぶ》せはまた昨夜のように通報されてしまうおそれがあるので、一旦《いったん》駅前まで戻り、二十四時間営業のファストフード店に入った。

留美から、灰音は経済犯や知能犯を扱う刑事部捜査第二課の所属だと聞いている。

役職等は知らないそうだが、三十二歳という年齢から考えて、階級は警視、役職は管理官といったところだろう。

管理官ならば、電車ではなく、公用車での帰宅もあり得るので、店とマンションの間を三十分ごとに行き来することを終電後も一時間ほど続けたが、灰音は帰ってこなかった。

さすがに朝まで粘《ねば》ることはできないので、今日のところはマンションの正面玄関脇の郵便受けに「至急連絡をください」と書いたメモを入れて引き上げることにした。

偶然にも、悠莉の住むアパートの最寄り駅は二駅隣だ。

アパートまで歩いて帰り、朝の早い母と妹を起こさないよう静かにシャワーを浴びて布団に潜《もぐ》りこんでも、なかなか寝つけなかった。

扇風機だけの西向きの狭《せま》い部屋は、ひどく蒸し暑い。寝苦しさに寝返りを打ちながら、給料が出なかったらどうしよう、と考える。

司法修習生だった先月までは、国家公務員に準じた身分であったため、国から給与を支給されていた。家に入れる分と奨学金《しょうがくきん》の返済以外は毎月大半を貯金していたが、修了時に残りの奨学金を一括《いっかつ》返済したので、今、悠莉の預金通帳には小学生の小遣いかと笑いたくなるような額しか記載されていない。

家族と住んでいるので家賃や生活費に困ることはないが、給料が出なければ母親に金を渡すことができない。

母子家庭となって以来、母親が弁当屋を営《いとな》んで支えてきた椿原家の家計は、その大半が八歳年下の妹が通うインターナショナルスクールの高額な学費で占められている。

本当なら、今月から月謝の半分を悠莉が出す予定だった。たとえ約束を反故《ほご》にしても、母親は決して悠莉を責めたりしないだろうが、ずいぶん喜んでいた笑顔が脳裏《のうり》にちらつき、胸が痛んだ。

たったひとりの男手なのに、二十四にもなって未《いま》だに母親の碌《ろく》な支えになれない情けなさと、嘘つき男への罵倒《ばとう》とを頭の中で交差させながら、ようやくうとうとし始めたとき、突然鳴り響いた携帯電話の着信音が鼓膜《こまく》を突き刺した。

驚いて枕元の携帯を手に取ると、液晶画面には「灰音紫乃《しの》」の文字と、午前三時半という時刻が表示されていた。

通話ボタンを押すなり、「何の用だ」と名乗りもしない不機嫌な声が聞こえてくる。

「……今、何時だと思ってるんですか？」

言ってやりたい文句は山ほどあったはずなのに、寝惚《ねぼ》けた頭ではそんな恨み言を漏《も》らすのが精一杯だった。

『すぐに連絡をしろとメモを残していったのは、どこの誰だ。早く休みたいんだ。さっさと用件を言え』

「……離婚に応じられる慰謝料の額を、教えていただきたいんです」

『君は、前日のことも覚えていられないような鳥頭なのか？　離婚する気はない、と言ったはずだ。そんな用ならもう切るぞ』

このクソ野郎、と罵声《ばせい》を浴びせて電話を叩き切りたいのは、悠莉のほうだ。だが、次はいつ連絡が取れるのか定かではない状態で、それは得策ではない。

給料のためだ、と自分に言い聞かせ、悠莉は灰音を引き止めた。

「ちょっと待ってください。もうこんな時間ですし、明日——いえ、今日、後ほど改めてお会いできませんか？　灰音さんのご都合のいい時間帯に、警視庁まで出向きますので」

『今、本庁にはいない』

「では、どこにいらっしゃるんですか？」

『機密事項だ。教えることはできない』

「何か大きな事件の極秘捜査でもされているんですか？」

そう何気なく問うと、「君はよほどの馬鹿らしいな」と冷ややかに蔑《さげす》まれた。

『部外者に話せないから、機密というんだ。訊《き》かれて答えるはずがないだろう』

「――そう、ですね。では、ご帰宅されてから、少しお時間をとっていただけませんか？」

喉元までせり上がってきた怒りをどうにか飲み下し、悠莉は声を震わせた。

『それも無理だな。今は死ぬほど忙しい。帰ってこられるかわからないし、帰宅できたとしてもこんな時間だ』

「かまいません」

『私がかまう。いい加減、ただでさえ少ない睡眠《すいみん》時間を、君のために削《けず》ってやる義理はない』

「私のためではありません。依頼人である奥様の、延《ひ》いては灰音さんご自身のためでもあります。今のような夫婦関係を続けられたところで、お互いに不幸になるだけです。おふたりのより良い未来のために、建設的な話し合いを」

『綺麗事《きれいごと》を言うな。妻から金を搾《しぼ》り取《と》りたいだけだろうが』

険悪な声で灰音は悠莉の言葉を遮《さえぎ》った。

『これも何かの縁だと思って忠告してやるが、彼女は相当の気紛《きまぐ》れ屋《や》だ。本気で付き合うと、馬鹿を見るぞ。どうせそのうち、気が変わったと委任契約の解除を申し出るはずだから、それまで私と交渉しているふりでもして、適当にごまかせばいい。そうすれば、依頼人都合の契約解除ということで、着手金と報酬は濡《ぬ》れ手に粟《あわ》で君のものになる』

口を挟《はさ》むことを決して許さない静かな威圧を纏う口調でそう言い終わると同時に、灰音は電話を切った。

反射的にかけ直したが、繋がらなかった。

弁護士に詐欺《さぎ》行為を勧めるなど、何を考えているのか、と猛烈に腹が立った。

考えてみれば、電話に出なかったことへの謝罪《しゃざい》もないままだ。

沸騰《ふっとう》した怒りで目が冴《さ》えてしまい、結局、一睡《いっすい》もできずに朝を迎えた。

給料の締め日まで、もう余裕がないという焦《あせ》りもあったが、それ以上にいいように馬鹿にされたことへの憤懣《ふんまん》に突き動かされ、その翌日から、大伴《おおとも》に命じられた雑事をこなす合間の時間は全て電話攻撃に費やした。さらに、夜は駅前のファストフード店で起案書きや裁判資料を読んだりしながら、深夜まで灰音《はいね》を待《ま》ち伏《ぶ》せた。

それでも空振《からぶ》りが二日続いたので、三日目からは朝一時間早く家を出て、在宅を確かめるようになった。

しかし、そんなストーカーじみた努力はまるで報《むく》われなかった。

ただ時間ばかりが無駄に過ぎてゆき、苛立《いらだ》ちを募《つの》らせながら迎えた四日目の昼近く、大伴にある依頼人への使いを頼まれた。

すぐに戻ってくるつもりだったが、刑事裁判を控《ひか》えた不安からか、次々に質問を繰り出してくる依頼人との話が長引き、その住まいを辞したときには二時を過ぎてしまっていた。

駅へ向かいながら大伴に報告の連絡を入れたあと、悠莉《ゆうり》は昼食を取ろうと思い、通りがかったカフェレストランに入った。

流行《はや》りの店のようで、落ち着いた雰囲気《ふんいき》の店内は広かったが空席はほとんどなく、窓際の隅でやっと見つけた二人用のテーブル席に座った。

込み合っているせいか、なかなか注文を聞きにこないウェイトレスを待ちながら、灰音に電話をかけてみたが、いつも通りまったくの無反応だった。

弁護士としての未熟さを晒《さら》してしまうのが嫌で、今までは敢《あ》えて留美《るみ》に問い合わせることはしなかったが、もう時間的に見栄を張っている余裕はない。一度、留美に連絡を入れ、灰音の居場所を知っているか尋ねてみるべきだろうかと携帯電話を見遣《みや》って迷っていると、ふと三人の女性客が座る隣の席から弾《はず》んだ声が聞こえてきた。

「やっぱり、芸能人かなぁ、あの人」

「絶対そうだって。一般人じゃあり得ないレベルのイイ男だよ？」

「でも、テレビとかで見たことないよね？　見てたら、忘れるわけないもん、あんな超絶美形」

「ってことは、モデルかも。背も高そうだし。ね、あとで声かけてみない？」

いったい、どの客の品定めをしているのだろうと好奇心が疼《うず》く。

店内を見回し、すぐにそれと思《おぼ》しき人物へ自然と視線が惹《ひ》き寄《よ》せられた。

品のいいサマーセーターにジーンズ姿の、ずいぶんと目立つ男だった。少しばかり容姿に自信があるていどの女など一瞬で霞《かす》ませてしまう、非の打ちどころなく完璧《かんぺき》に整ったその白皙《はくせき》は、啞然《あぜん》と息を吞《の》むしかないほどに端麗《たんれい》で艶《あで》やかだ。それなのに、近寄りがたい冷たさのない、まるで春の柔《やわ》らかな陽光を想わせる優しげな美貌《びぼう》は、確かに日常的に見かける「イイ男」の水準を遥《はる》かに超えていた。

そのことには異議など持ちようがなかったが、噂話《うわさばなし》に花を咲かせている女性客たちと違い、悠莉はその男を知っている気がした。

テレビの画面だったたか、あるいは妹が居間で読み散らかしていた雑誌だったかは定かではないが、とにかくどこかで見かけたことは間違いない。

そばに置かれた観葉植物の葉が男の側からのいい目隠しになっていたこともあり、しばらくの間、記憶の糸を手繰《たぐ》り寄《よ》せながらまじまじと見つめた。

そして、ようやく気づいた男の正体に、言葉もなく驚いて目を瞠《みは》る。

その男は、灰音だった。

すぐに認識できなかったのは、服装や額に自然に下ろした髪のせいで、悠莉の知る冷淡なエリート然としたスーツ姿のときと雰囲気がまったく違って見えたことに加え、笑っていたからだ。

灰音は、うっかり見惚《みと》れそうになるほど甘く優美な笑みを浮かべており、それは向かいの席に座る男に向けられていた。

明るい茶色の髪を肩まで伸ばしたその男は、おそらく二十代の半《なか》ばだろう。横顔しか見えないが、遠目でもはっきりとわかる軽薄さが全身から臭《にお》い立《た》っており、到底、警察関係者とは思えない。かと言って、友人や親戚《しんせき》というふうでもないが、ふたりはかなり親密そうな雰囲気を通わせ、談笑している。

睡眠《すいみん》時間を削《けず》って夜討《ようう》ち朝駆《あさが》けに勤《いそ》しんだこの四日間、灰音がマンションに帰って来た気配はなかった。だから、電話に出ないのは鬱陶《うっとう》しがられてのことにしても、忙しいのは本当なのだろうと思っていた。

しかし、実際は平日の真っ昼間にカフェで優雅に寛《くつろ》いでいられるほど、灰音は暇《ひま》だったのだ。

――何が、死ぬほど忙しい、だ。

まさにたった今、電話をかけたばかりだっただけに、腹が立って仕方がなかった。

灰音が自分の電話を無視して談笑していた相手だと思うと、若い男の楽しそうな笑顔までもが無性に癇《かん》に障《さわ》った。

肌《はだ》の下で今まで感じたことのない激しい怒りが滾《たぎ》り、全身が熱くなる。その勢いに任せて立ち上がったとき、乱暴に椅子を引く音が耳についたのか、灰音がこちらを見た。

交差した視線を灰音はすぐに外し、男に何かを囁《ささや》いて席を立った。そして、手に持った携帯電話を操作しながら、店の奥へ向かう。

男性用レストルームに消えた後ろ姿を追って中に続くと、灰音は洗面台の前で電話をしていた。だが、悠莉はかまわず声を張り上げた。

「どういうことですか、灰音さん！」

店内同様、花や観葉植物で飾られた広めの小洒落《こじゃれ》た空間に、悠莉は声を響かせる。

「騒ぐな。静かにしろ」

電話を切り、低い声で命じるように言った灰音の顔はひどく険《けわ》しく、先ほどのあの甘い笑顔が嘘のような豹変《ひょうへん》ぶりだった。

「だったら、説明してください。私の電話に出る暇もない、死ぬほどお忙しいはずの貴方《あなた》が、どうして平日のこんな時間に油を売っていられるんですか！」

「公務執行妨害《しっこうぼうがい》で逮捕《たいほ》されたくなかったら、今すぐ喚《わめ》くのをやめろ」

「公務？　そんな格好で、チャラチャラした若い男とお茶を飲むことが、何の公務だと――」

今回こそは侮《あなど》られる隙を与えないよう、毅然《きぜん》と応じようとしたが、突然、口元を灰音の手に覆《おお》われ、背を壁に押しつけられた。

口を塞《ふさ》ぐ冷たい掌《てのひら》の下で小さく呻《うめ》いたとき、下肢《かし》に伸びてきたもう片方の手でベルトが外さ

れる。

「――んぅっ。んーっ」

驚いて抗《あらが》おうとしたが敵《かな》わなかった。

下着ごとスラックスを乱暴に引き下ろされて床の上へ仰向《あおむ》けに突き倒されたかと思うと、靴《くつ》先《さき》で乱暴に腿《もも》を大きく押し広げられ、その姿を携帯電話で撮影《さつえい》された。

「よく撮れている」

このわずか数秒の間に起こった出来事の意味が理解できず、呆然《ぼうぜん》とする悠莉の眼前に、灰音が携帯電話の液晶画面を突きつけた。

そこには、開いた脚《あし》の間で淡く茂る赤の叢《くさむら》とその下に垂《た》れる桜色《さくらいろ》の性器だけでなく、悠莉の驚愕《きょうがく》に歪《ゆが》む顔までもがはっきりと写っていた。

「すぐに部下が来る。そのみっともない格好を見られたくなかったら、早く穿《は》け」

屈辱《くつじょく》と怒りの混ざり合った熱の塊《かたまり》が胸の中で一気に膨張《ぼうちょう》する。

肺が裂けてしまいそうな息苦しさに喉を引《ひ》き攣《つ》らせて身を起こし、悠莉は震える指で乱された衣類を直す。

「……何、の、つもりなんですか。これは……、は、犯罪ですよっ」

縺《もつ》れて掠《かす》れる言葉と共にこぼしてしまいそうになる涙を懸命に堪《こら》えながら、悠莉はまさに一瞬で踏《ふ》み躙《にじ》られた男としての矜持《きょうじ》を掻《か》き集《あつ》め、灰音を睨《にら》みつけた。

「まるで犬の仔《こ》の威嚇《いかく》だな」

灰音がその漆黒《しっこく》の双眸《そうぼう》を微《かす》かに細め、悠莉の必死さを嘲笑《あざわら》うかのように鼻を鳴らしたとき、スーツ姿の男が現れた。

灰音に目礼《もくれい》をしたその痩《や》せた男は四十前後で、柔和《にゅうわ》という以外に特にこれと言って特徴《とくちょう》のない顔をしていた。

「黙って今すぐこの店を出て、あとは彼の指示に従え。逆らえば、しばらく留置所に泊まってもらう。その間に、職場や家の近所に、今の無様な姿が知れ渡ることになるぞ」

離婚交渉《こうしょう》をしようとしただけなのに、どうしてこんな理不尽な暴力を受けねばならないのか——。

すぐに部下が現れたということは、本当に公務中だったのだろう。しかし、それでは灰音が強制猥褻《わいせつ》と脅迫《きょうはく》というこの違法行為を警察官として行《おこな》っていることになる。

考えれば考えるほど深くなるばかりの混乱と衝撃《しょうげき》で、悠莉は思考停止状態に陥《おちい》った。

灰音の部下に促《うなが》されるがまま、席に置きっ放しだった荷物を持って店を出ると、そこから車で五分ほどのビジネスホテルの一室に連行された。

誰もいないその部屋にひとりで残されたが、手錠《てじょう》をかけられた上に、口や足首にガムテープを巻かれ、浴槽《よくそう》の中に押しこめられていたために、逃げることも、助けを呼ぶこともできなかった。狭《せま》い浴槽の中で胎児《たいじ》のように身を丸め、悔《くや》しさと灰音への怒りの涙を滲《にじ》ませながら、ただひたすら解放を待っていると、夜になって突然、昼間とは別の男が現れ、何の説明もなく荷物と一緒にホテルの前の路上に放り出された。

自由になってまず頭を過《よ》ぎったのは、安堵《あんど》ではなく、大伴の怒号だった。

使いに出たまま、半日も音信不通になっていたのだから、相当怒っているはずだが、警察に監禁されていたと真実を告げたところで、信じてもらえるとも思えない。それに、大の男が昼日中の街中で易々《やすやす》と監禁されてしまった経緯《けいい》を説明するには、あの写真のことを明かさねばならないが、灰音に猥褻行為を受けたなど、死んでも知られたくない。

早く連絡の電話を入れなければと思いつつも、説明の言葉が見つからず躊躇《ちゅうちょ》しているうちに帰り着いた事務所の窓からは、明るい光が漏《も》れていた。

きっと、大伴は目を吊《つ》り上《あ》げて待ちかまえているに違いない。

地獄《じごく》の門を潜《くぐ》る思いで扉を開けると、デスクでカップラーメンを啜《すす》っていた大伴が「災難だったな」と肩を竦《すく》めた。

「どこに拉致《らち》られてたんだ、お前。どっかの署《しょ》のブタ箱にでも放り込まれてたのか?」

「……いえ、ホテルに……。あの、どうしてご存知なんですか?」

「お前がストーカーしてる例のキャリアから、電話があった。で、何やらかしたんだよ?」

声に怒気がないことにほっとして、悠莉は「よくわかりません」と首を振る。

「昼食を取ろうと思って入った店で偶然灰音さんを見かけて声をかけたら、公務執行妨害だと言われて……」

「公安のやることは、意味不明だな」

「——公安？　でも、奥さんの話では、灰音さんの所属は捜査二課だと……」

「俺もそう聞いた記憶があったんで確かめたら、二課にいたのは何年も前だとよ。あの女房、よっぽど亭主《ていしゅ》には興味がないらしいな」

灰音の所属を知って驚いたと同時に、色々と納得もした。

道理で、最初に警視庁へ灰音を訪ねて行ったとき、邪険《じゃけん》に追い払われたわけだ。

それに、漠然《ばくぜん》とした印象しかないが、公安なら任務遂行《すいこう》のためには手段を選ばないような気がする。

何の捜査をしていたのかなど皆目《かいもく》見当もつかないものの、灰音の脅迫があの場から悠莉を排除するためのものだったことはわかる。

ならば、あの写真はもう用済みのはずだ。

要求には従ったのだから、頼めば消去してくれるかもしれないと考え、しかしすぐ暗澹《あんたん》とした気分になる。

執拗《しつよう》に離婚交渉《こうしょう》を迫《せま》ったことで、灰音には相当嫌われているだろうから、この件から手を引かせるための個人的な脅迫材料として使う可能性もある。

「今日はもう、とっとと帰って寝ろ。犯された女みたいな顔になってるぞ」

大伴のその言葉に、鼓動《こどう》が跳ね上がった。

灰音は嘘つきだ。

もしかしたら、写真はもう既にばら撒《ま》かれ、大伴の目にも触れているのかもしれない。

「――あ、あのっ。灰音さんは、他に何か、その……変なことを所長に……」

言葉を詰まらせながら問うと、大伴は「ああ」と眉《まゆ》をひそめた。

「お前、あのキャリアに、俺をどんな鬼だって吹き込んだんだよ？」

「え……？」

「捜査上の機密確保のための、やむを得ない強制的な身柄拘束《みがらこうそく》でお前に非はない、だからお前を責めるな、ってクドクドえらくうるさくて、敵《かな》わなかったぞ」

大伴《おおとも》や家族の態度は普段と変わらず、灰音《はいね》に撮《と》られた写真を目にした様子はなかったが、安心する気にはなれなかった。

絶対に誰にも見られたくないあの写真を灰音がどうしたのか、確かめねばならない。それに、留美《るみ》の信頼に応《こた》え、報酬《ほうしゅう》を得るためにも、離婚交渉《こうしょう》を一日も早く成立させねばならない。

理性はそう訴《うった》えかけるが、悠莉《ゆうり》は灰音に会いたくなかった。

どんな顔をして、何から話せばいいのかわからないのだ。

まず交渉から始めるべきか、あるいはあの暴力行為に抗議すべきか、それとも大伴への電話の礼を言うべきか迷って混乱し、頭が上手《うま》く働かなくなってしまう。

だから、監禁された翌日から、朝駆けと、手が空《あ》けばかけていた電話をやめた。

夜の訪問だけは続けたが、留守が判明すれば粘《ねば》らず帰宅するようになり、灰音とは連絡が取れないまま日が過ぎていった。

留美の信頼を裏切る行為だと罪悪感に苛《さいな》まれながら、「留美は気紛《きまぐ》れで、そのうち、委任契約を解除するだろう」という灰音の言葉を自分への言い訳にした。

給料の締め日が目前に迫《せま》ったその夜も、留守を願いながら灰音のマンションに向かった。

重厚な構えの門の前で部屋の明かりがついていないことを確かめ、胸を撫《な》で下《お》ろして踵《きびす》を返した直後、鼻先を生温《なまぬる》いものが掠《かす》めた。

空を見上げる間もなく、凄《すさ》まじい勢いの雨が降り始める。

傘《かさ》など持っておらず、どうしようと狼狽《うろた》えたその一瞬で、下着の中までずぶ濡《ぬ》れになってしまった。

住宅街であるこの周辺で雨宿りができそうな場所といえば、マンションのエントランスぐらいだ。

慌てて門を潜《くぐ》って駆けこもうとしたとき、黒塗《くろぬ》りの高級国産車が門前に停まり、後部座席から灰音が降りてきた。

思わずその場で固まった悠莉に気づき、形のいい眉《まゆ》をひそめた灰音の背後を、公用車だろう車が走り去ってゆく。

「てっきりもう諦《あきら》めたかと思っていたが、まだうろついていたのか」

近づいてくる灰音の声を聞いた途端、あの日、撮られた写真がまざまざと脳裏《のうり》に蘇《よみがえ》る。

どうしようもなく落ち着かない気分で視線をうろうろと彷徨《さまよ》わせながら、悠莉は「すみません」と上擦《うわず》った声を漏《も》らした。

「天気予報くらい見たらどうだ。今晩の降水確率は百パーセントだったぞ」

「す、すみません……」

冷徹《れいてつ》な眼差《まなざ》しから逃げるように後退《あとずさ》った悠莉の頭上から、ふいに雨が消えた。

皮肉を吐《は》いて、そのまま通り過ぎるかと思った灰音が、悠莉の横で立ち止まり、傘を傾けていた。

戸惑《とまど》い、困惑しながら、激しい雨音に掻《か》き消《け》されるような細い声で、悠莉は「すみません」とまた繰り返した。

「すみません、以外の言葉は喋《しゃべ》れないのか」

「——あの、奥様のことですが……」

交渉を進める絶好の機会なのに、やけに緊張《きんちょう》して言葉が出てこない。

写真を撮られたあの日と違い、今日の灰音はいかにも高級官僚然としたスーツ姿だ。嫌味なほど隙のない灰音に対し、濡《ぬ》れ鼠《ねずみ》の自分がひどくみっともなく思え、どうしようもなく居《い》たたまれなかった。

「何度、同じことを言わせる気だ、君は」

灰音は辟易《へきえき》しきった口調で言う。

傲慢《ごうまん》な態度にただ腹を立てていた数日前までなら、きっと灰音の都合など何も考えずに、しつこく食い下がっただろう。

だが、今はとにかく早く灰音の視界から消え去りたかった。

「……では、また日を改めます」

毛先から雫《しずく》の滴《したた》る頭を下げ、差《さ》し翳《かざ》された傘から出ようとしたとき、腕を強く摑《つか》まれた。

「いくら君が馬鹿でも、この雨の中を傘も差さずに歩けば、間違いなく風邪を引くぞ」

言って、灰音はエントランスの中に悠莉を引《ひ》き摺《ず》り入《い》れた。

「あ、あの……、灰音さん?」

「シャワーと着替えくらい貸してやる。風邪でも引いて寝こまれたら、君の柄《がら》の悪い上司に妙な言い掛かりをつけられそうだからな」

馬鹿だの、言い掛かりだのとその物言いはともかく、申し出自体はありがたいものだ。

確かに、濡れた服に体温を奪われ、段々肌寒《はだざむ》くなってきている。

それなのに、なぜか寝こんでもいいから帰りたいと悠莉は思った。

ご迷惑でしょうから、と抗《あらが》ったが、無理やりエレベーターに乗せられて、三階の灰音の部屋へ押しこまれてしまった。

「この間は悪かったな」

扉の鍵《かぎ》を閉めながら、灰音が唐突《とうとつ》に言う。

予想もしていなかった謝罪《しゃざい》の言葉を聞かされ、悠莉は御影石《みかげいし》の広い玄関に突っ立ったまま、ただ目を瞠《みは》った。

「だが、他に方法がなかった。あのとき、私は一緒にいた男に偽名を名乗り、独身のゲイだと思わせていたから、君に大声で名前を呼ばれたり、離婚届に判を押せなどと喚《わめ》かれるわけにはいかなかったんだ」

「ゲ、ゲイ？　どうして、そんな嘘を……？」

「彼は、我々がこの一年半、血眼《ちまなこ》で追っていたある男の行方《ゆくえ》を知っていたが、とても警察に協力するような人間じゃなかったからな。それが、あの男を取りこむのに一番手っ取り早い方法だったんだ」

驚きを大きくして動揺《どうよう》する悠莉とは対照的に、灰音は淡々と声を紡《つむ》ぐ。

「――え。じゃ、じゃあ、あの人、ゲイだったんですか？」

そうだ、と灰音は頷く。

「……要するに、私は灰音さんの嘘のとばっちりを受けたんですか？」

「その認識は正しくない。国家の治安維持《いじ》のためだ」

「だからって、何も、あ、あんなっ……」

「ああでもしなければ、君は私が交渉に応じるまで、どこまでも付《つ》き纏《まと》いそうな勢いだっただろう？」

「……公安の人って、本当に嘘つきですね」

確かに怒りで頭が煮立っていたあのときは、何を説明されても信じなかっただろうから、灰音の憶測《おくそく》は正しい。

とは言え、どうにも釈然《しゃくぜん》としない気持ちが拭《ぬぐ》えず、悠莉は恨《うら》みがましく声を尖《とが》らせる。

「べつに、君に嘘はついてないぞ」

「ついたでしょう？　奥様に、私からの電話にはちゃんと出ると伝言されたのに、結局、一度も出てくれなかったじゃないですか」

「それは単に状況が変わったからで、嘘じゃない。妻に伝言を頼んだ翌日に、予想より早くあの男が釣《つ》れて、毎日ほとんど一日中、横に貼りつかれていたから、君の電話に出られるような状態じゃなかった」

その言葉の意味を数秒考え、おぼろげに理解できた瞬間、顔に朱が散った。

灰音がゲイだと偽《いつわ》ったのは、単に同類として信用させるためだと思っていたが、違ったようだ。よく考えてみれば、笑みを交わすふたりの間に流れていた親密さは、友人のそれよりも遥《はる》かに濃いものだった。

「――そ、そういうことって、刑事の人がするものなんじゃないんですか？」

「普通はな。だが、彼が好みそうな外見の者が部下の中にはいなかったし、諸事情で逮捕《たいほ》を急がねばならず、よそから適材を調達してくる時間もなかったから、私が動くしかなかったんだ」

「……今晩は、あの人と一緒にいなくていいんですか？」

「ああ。男は今朝《けさ》逮捕したからな。もう彼に用はない」

ずいぶん酷い言い草だ。灰音に心を許し、それと知らずに情報を渡し、そして捨てられてしまった男には同情を覚えたが、悠莉にはもっと気にかけねばならないことがあった。

意を決して開きかけた口から、立て続けにくしゃみが出た。

「とりあえず、風呂《ふろ》で温《あたた》まったらどうだ」

濡れ鼠のまま、震えながらあの写真を消去してくれと頼むのも何だか間抜けな気がして、灰音の勧めに今度は素直に頷いた。

案内された浴室の手前の洗面室にある洗濯《せんたく》乾燥機も使っていいと言われ、躊躇《ためら》いを覚えつつも、ありがたく借りることにした。スーツはクリーニングに出すしかないので、壁のフックにハンガーに掛けて吊《つ》るし、濡れたシャツと下着、靴下《くつした》をドラム式の洗濯乾燥機に入れた背後で突然、洗面室の扉が開いた。

「――な、何ですかっ！　ノックぐらいしてくださいっ」

全裸だった悠莉は驚いて悲鳴のような声を上げ、咄嗟《とっさ》に膝を抱《かか》えて座り込んだ。

「どこの深窓《しんそう》の令嬢《れいじょう》だ、君は。大体、今更《いまさら》、隠したところで意味はないと思うが」

呆《あき》れた顔で言い、灰音はタオルとモスグリーンのジャージを差し出す。洒落《しゃれ》たデザインのそのジャージは、留美が一度も袖《そで》を通さずにクローゼットに死蔵していたものらしい。

「君ならサイズの問題はないだろう。返すのはいつでもかまわないから、これを着て帰るといい」

「……ありがとうございます」

しゃがんだまま、片手でタオルとジャージを受け取った悠莉は、灰音が洗面室の扉を閉めるのを待って、浴室に入った。

冷えた体に熱いシャワーはとても心地がよかったが、遠慮《えんりょ》もあり、すぐに上がった。

下着はまだ洗濯中だったので、素肌に留美のジャージを纏って奥のリビングに行くと、灰音は三人掛けの大きなソファの背にもたれ、長い脚を優雅に組んで座っていた。

ガラス製のセンターテーブルには、ワインボトルと赤い液体の注がれたグラスがふたつ並んでいる。悠莉が風呂から上がるのを待つ間に飲んでいたらしく、灰音の手元近くにあるほうのグラスはほとんど空《から》だった。

「灰音さん。シャワー、ありがとうございました」

礼を言っても何の声も返ってこなかった。

「……あの、灰音さん？」

訝《いぶか》って見遣《みや》ると、灰音は目を閉じていた。どうやら、眠っているらしい。

すぐそばで声をかけてみたが、やはり反応がない。もう一度、呼びかけようとして、閉じられた目の下に薄く浮かぶ隈《くま》に気づく。

かなり疲れているのだろう。起こしてもいいものか迷っているうちに、いつしか灰音の寝顔から視線が逸《そ》らせなくなっていた。

容貌《ようぼう》が端整なのはわかっていたが、見れば見るほど本当に綺麗《きれい》な顔だと感心してしまう。

優しく笑いかけられ、甘い言葉を囁《ささや》かれたら、女やゲイなら、きっと誰もが皆、一瞬で心を奪われてしまうに違いないその彫塑《ちょうそ》めいた白皙《はくせき》は、まさに眠れる美女ならぬ、眠れる美男だった。

秀《ひい》でた額に高い鼻梁《びりょう》。微《かす》かに蒼《あお》ざめた顔の中で、ワインに濡《ぬ》れていっそう色を濃くし、艶《つや》めいている唇の赤――。

匂《にお》い立《た》つ凄艶《せいえん》な色気に魅《み》せられ、うっとりと見惚《みと》れながら、ふと、あの男と何度キスをしたのだろうかと考えた刹那《せつな》、なぜだか無性に自分もこの赤い唇に触れてみたくなった。

――あの男としたのなら、自分としてもいいはずだ。

身体の奥深くで唐突に閃《ひらめ》いた非合理な欲望に衝《つ》き動《うご》かされるままに唇を重ね、その柔《やわ》らかな弾《はず》みを感じた瞬間、悠莉は我に返った。

胸を突き破りそうなほどの大きな驚きが迫《せ》り上《あ》がってくる。

悠莉は灰音の前から弾《はじ》かれたように飛《と》び退《の》き、床の上に置かれていた自分の鞄《かばん》を摑むと、脱《だっ》兎《と》のごとく部屋から駆け出した。


「締め日は月曜だからな。給料が要《い》るんなら、この土日の間に判を押させろよ」

翌日の夕方、一日がかりで集めた裁判資料を提出しに行くと、大伴《おおとも》に最後通告を突きつけられた。

「……努力します」

悠莉《ゆうり》は、力ない言葉を細く落とす。

昨夜は後悔と羞恥《しゅうち》が頭の中で嵐のように吹き荒れ続け、まったく眠れなかった。そのせいか、あるいは灰音《はいね》のマンションを飛び出したあと、タクシーを摑まえるのに時間がかかり、結局また濡《ぬ》れてしまったせいなのか、頭がぼんやりして食欲も湧かず、栄養補助食品のビスケットを少しつまんだ以外、朝から何も口にしていない。

覇気《はき》のない悠莉を大伴は一瞬訝《いぶか》しげな表情で睨《にら》んだ。けれども、「ま、頑張れよ」と鼻を鳴らしただけで、帰り支度《じたく》を始めた。

まだ、ずいぶんと空の明るい時刻だったが、明日の土曜、どこか遠方で開かれる知人の結婚式に出席するための準備があるらしい。

「もう閉めるから、お前もさっさと上がれ」

上がれと言われたときにぐずぐず残っていると怒り出すので、急いで机の上を片づけ、挨拶《あいさつ》をして事務所を出た。

昨夜からの豪雨は昼を過ぎて小降りになり、夕方近くになってやんだ。

雨上がりの温《ぬる》く湿った空気を吸いこみ、悠莉は小さく息をつく。

シャワーと着替えまで借りておきながら、碌《ろく》な礼も言わずに黙って帰ってきてしまったばかりか、脱いだ服を全て置き忘れてきたのだ。そんな非礼を働いた昨日の今日で、離婚届に判を押せ、などと言えるはずがない。

それに、灰音にしたことを思い出すと、地球の内核まで穴を掘って埋《う》まってしまいたくなる。

悠莉は今まで誰とも交際をしたことがない。

もちろん、性的な経験など皆無で、眠っている同性の唇を奪ったのが初めてのキスになった。

その変態じみた事実に眩暈《めまい》がし、情けなくて涙が出そうだった。

どうして、あんな行動をとってしまったのか、自分でも不思議でたまらない。

思いがけず無防備な美しい寝顔を見て、血迷ったとしか言いようがないが、とにかく今は平常心を保って灰音と話をする自信がない。

交渉《こうしょう》自体を投げ出す気はないが、給料のことはもう半《なか》ば諦《あきら》めている。

だから、しばらく時間を置いて頭を冷やしたかったのだが、どうしてもそうできない理由があった。

雨に濡れた昨夜のスーツを早くクリーニングに出さなければ、傷《いた》んで着られなくなってしまう。悠莉はスーツを三着しか持っていないので、一着でもなくなると困るし、早く回収しなければ、灰音に捨てられてしまう可能性もなくはない気がする。

駅に向かいながらこわごわ電話をかけると、すぐに繋《つな》がり、「はい」と平淡な声が聞こえた。

昨夜、事情を説明されたとはいえ、以前はまったく出てもらえなかっただけに、不意打ちを食らった気分になり、用意していた言葉が消し飛んだ。

「――あ、あのっ。椿原《つばきはら》です、が……」

『今、手が離せない。服なら、今晩の八時に取りに来い』

一方的にそう言って、灰音は悠莉の返事も聞かずに電話を切ってしまった。

そのひどく事務的な声から感情は読み取れなかったが、とりあえずスーツがゴミに出されていなかったことがわかり、胸を撫《な》で下《お》ろした。

八時までにはまだ時間があったので、駅前で手土産《てみやげ》を探した。昨夜の礼と謝罪《しゃざい》をせねばならないので、これまでのように手ぶらで行く気にはならなかったのだ。

手土産の定番と言えば菓子折りだが、灰音は甘い物など好みそうに見えなかったので、昨夜も飲んでいたワインを買い、ほぼ八時ちょうどにインターホンを鳴らした。

帰宅したばかりだったのか、ワイシャツにネクタイ姿で玄関に出てきた灰音の顔を、悠莉は後ろめたさから直視できなかった。

「昨夜は黙って帰ってすみませんでした。服をお借りできて、本当に助かりました。あの服はクリーニングを済ませてから、後日また改めてお返しします」

目を伏《ふ》せて一気に述べ、「お口に合うといいんですが、昨夜のお詫《わ》びです」と、ワインの包みを差し出す。

「よく知りもしない他人の家の洗濯機に下着を忘れていくような非常識な馬鹿でも、多少は気の利《き》いたことができるらしいな」

灰音は嫌味を放ちながら、それでもワインを受け取ってくれた。

「すみません……」

礼も言わずに帰った理由は口が裂けても言えないのだから、ひたすら詫びるしかない。

「弁護士バッジも、こんなふうにどこかに置き忘れて失《な》くしたのか?」

「忘れたというか、高校の同窓会に行ったときに見せてほしいと言われて、皆が珍しがって回しているうちに、どこかに行ってしまったんです。私も友人たちもかなり酔《よ》ってましたから、あとであちこち探したんですけど、結局誰がどうしたかわからなくて……」

「君は少し、不注意が過ぎるな」

「はい、すみません……」

悄然《しょうぜん》と項垂《うなだ》れる悠莉に、灰音は「今後は十分気をつけることだ」とまるで上司のような口調で言いながら紙袋を渡す。

中を見ると、下着と靴下《くつした》以外は、全てクリーニング済みだった。

「クリーニングに出してくださったんですか？」

驚きと、次いで嬉しさが込み上げてくる。

「濡れたままのほうが良かったのか？」

「いえ、まさか……。ありがとうございます。あ、クリーニング代、お支払いします」

慌てて財布を出そうとした悠莉に、灰音が「結構だ」と素《そ》っ気《け》ない拒絶の言葉を発した直後、玄関チャイムが響いた。

魚眼レンズをのぞいた灰音が眉根《まゆね》を寄せ、「奥へ行け」と、ぞんざいに手を振った。犬でも追い払うかのような仕草だったが、不思議と腹は立たず、悠莉は大人しく指示に従って廊下の奥の部屋に身を隠した。

あのキスのことを思い出さないよう、灰音が寝ていたソファを避けて、部屋の中に視線を巡《めぐ》らせた。

昨夜はじっくり観察する余裕などなかったが、悠莉が家族三人で暮らしている3Kのアパートよりも遥《はる》かに広いリビング・ダイニングだ。家具もちょっとした小物もいかにも高価そうなものばかりで、まるで映画の撮影用《さつえいよう》かと思うほどに洗練された部屋だった。

だが、洗練され過ぎて生活感がなく、居心地のいい空間だとは思えなかった。灰音と留美《るみ》が仮面夫婦だからなのか、住む者の匂《にお》いや、住居に対する愛情がまるで感じられないのだ。

このマンションは留美の父親が買い与え、留美の名義になっているそうなので、灰音にとってもあまり快適な住処《すみか》だとも思えない。こんな無機質な部屋で、今は朝も夜も独《ひと》りで食事をして寂しくないのだろうか。

それとも、留美のように一緒に食事をして、同じベッドで眠る相手がちゃんといるのだろうか——。

そう思ったとき、ふいに胸の奥から何かが込み上げてきた。

どろりと重いそれは明らかな不快感で、決して独りきりで食事をしているかもしれない灰音への同情などではない。

だが、いったい何なのかが判然としない。

自分の心のはずなのに理解できないもどかしさに混乱していると、灰音がなぜか手に大きなタッパーを持ってリビングに現れた。

「君、鰯《いわし》は好きか？」

「——え？　あ、はい。好きですが……」

突然の問いに戸惑《とまど》いながら、悠莉は頷いた。

「向かいの部屋の釣《つ》り好《ず》きの老夫婦から貰《もら》ったんだが、自分で調理できるか、してくれる者がいるなら、持って帰ってくれ」

「灰音さんは、鰯がお嫌いなんですか？」

「特に好きでも嫌いでもないが、私は料理などしないから、貰っても困る」

仕事に限らず、何でも完璧《かんぺき》にこなしそうに見えるので、意外に思った。

けれども、口を突いて出たのはまったく別の言葉だった。

「じゃあ、私がその鰯を料理しましょうか？」

「君が？」

灰音が驚いた顔をする。悠莉も自分で驚いたが、勝手に動き出した口が止まらなかった。

「シェフだった父に子供の頃から仕込まれましたから、不味《まず》くはないと思いますよ」

「だが、他に食材は何もないぞ」

問いかけるようなその口調は、悠莉の言葉に興味を持っているようだった。

「調味料さえあれば大丈夫です。ちょっと、台所を拝見してもいいですか？」

許可を得て台所をのぞくと、食材らしい食材は本当に何もなく、冷蔵庫も炊飯器《すいはんき》も空《から》だった。

だが、留美がいた頃はきちんと使われていたらしく、何種類もの調味料やハーブ類が揃《そろ》えられており、米櫃《こめびつ》にもまだ米が残っていた。

「香草焼きができますが、作りましょうか？」

カウンターから尋ねると、灰音は「ああ」と頷き、ダイニングテーブルの椅子に座った。

「夕食がまだでしたら、ついでにご飯も炊《た》きましょうか？」

「頼む。君は、食事を済ませたのか？」

「いえ、まだですが」

「だったら、君の分も一緒に作れ」

驚いて咄嗟《とっさ》に返事を返せないでいると、「このあと、何か予定があるのか」と問われる。

「ありませんが……。でも、いいんですか？」

「ここのところ、夜はずっと外食かコンビニ弁当ばかりだったからな。久しぶりのまともな手料理を独りで食べても、味気ない」

「――作ってくれる方は、いないんですか？」

調理器具を用意しながら何気なさを装って問うと、「何の嫌味だ」と灰音が眉を寄せる。

「今、妻がいないのは、君も知っているだろう」

「いえ、奥様の他にです」

「いたら大問題だ。私は妻帯者だぞ」

軽蔑《けいべつ》混《ま》じりの、ひどく冷ややかな声音だった。

けれども、それはなぜかとても耳に心地よく響き、胸を塞《ふさ》いでいた靄《もや》を晴らしてくれた。

優れなかったはずの体調までよくなった気がして、悠莉はうきうきと心を弾ませて米を研《と》いだ。

タッパーには大ぶりの鰯が四匹入っていた。それらを塩水と流水で洗い、三枚におろして半身に切り分け、尾を落としてから、塩と胡椒《こしょう》を振ってオリーブオイルを塗《ぬ》った。そして、その上からバジルとタイムをまぶし、フライパンで狐色《きつねいろ》になるまで焼いた。

味見をしてみると、パリパリの皮に対して身はしっとりと柔らかく、上々の焼き上がりに会《かい》心《しん》の笑みが漏《も》れた。これでソテーしたトマトとキクチシャがあれば完璧《かんぺき》なのに、と残念に思いながら、炊きたての白米と一緒にテーブルに並べた。

向かいの席に着くと、灰音が悠莉の持ってきた赤ワインをグラスに注いでくれた。

鮪《まぐろ》や鰯などの脂《あぶら》の乗った魚には意外と軽い赤が合うものなので、赤を選んだのは悪くない選択だった。

「君は、就くべき職業を間違えているな」

香草焼きをひとくち食べて、灰音が少し驚いたようにそう言った。

「今すぐ軌道《きどう》修正して、料理人になるべきだ」

「……遠回しに弁護士には向いてないと言われても、嬉しくありませんけど」

「遠回しに言ったつもりはないが」

言って、灰音が笑う。その笑みを見て、心臓が跳ね上がりそうになった。カフェレストランであの男に見せていた優しい甘さなど欠片《かけら》もない、揶揄《からか》うような薄い笑みだったが、自分に向けられた初めての笑みだ。

だから、何かとても特別なものに思え、妙な動悸《どうき》を覚えた。

「どうして、料理人にならなかったんだ？」

「え？　えぇと、騙《だま》されないためです」

艶《つや》めいた輝きを宿す黒曜石の双眸《そうぼう》と、ふいに視線が絡む。

またうっかり見惚《みと》れていたことに気づいた悠莉は動揺《どうよう》し、真実だが他人には意味不明な言葉をこぼしてしまう。

「——何？」

灰音の柳眉《りゅうび》が、不可解そうにきつく寄る。

「弁護士なら、ちゃんと道筋を立てて話せ」

「あの、でも、……あまり食事中の話題には相応《ふさわ》しくない、辛気臭《しんきくさ》い話なんですが」

「君に、常識的配慮《はいりょ》を求める気などない」

嫌味とも本気ともとれない口調で言って、灰音は先を促《うなが》した。

「私の父は、そこそこ有名なフランス料理店のオーナーシェフだったんですが、私が高校生のとき、友人の借金の連帯保証人になったせいで、店だけでなく、全ての財産を失ってしまったんです。そのショックで酒に溺《おぼ》れるようになり、それから一月もせずに他界しました。泥酔《でいすい》していて、アパートの外階段を踏み外してしまって……」

話しているうちに、あの頃抱《かか》えていたどこにもぶつけようのなかった怒りがぼんやりと蘇ってくる。

気を昂《たか》ぶらせないよう、悠莉はそれをワインと一緒に喉の奥へ流しこんだ。

酒には弱いほうではないのだが、睡眠《すいみん》不足と今日一日ほとんど何も食べていない空腹のためか、すぐに目の奥がじわりと熱くなってきた。

「親戚《しんせき》は助けてくれなかったのか？」

特に同情するふうもなく訊《き》いて、灰音はワインのボトルを手に取り、空になりかけていた自分のグラスを赤い液体で満たした。

灰音はやはり酒好きらしく、鰯が焼き上がる前からワインを飲んでおり、ボトルの中身はもう半分以下に減っている。

「絶縁していましたから。両親は、双方の親の反対を無視して結婚したそうなので」

小さく肩を竦《すく》め、悠莉は苦笑する。

「父が死んだあとに少し下りた保険金を元手にして母が弁当屋を始めたんですが、幸いにも早くに軌道《きどう》に乗ったので、私は高校をやめずに済みましたし、大学にも何とか奨学金《しょうがくきん》で進学することができました」

悠莉はワインを飲み、言葉を継いだ。

「料理人になって、いつか母とレストランを出したいと思ったこともありましたが、でもどうせ大学に行けるのなら、料理以外の別の面から母の支《ささ》えになりたいと考え、それで弁護士を志《こころざ》したんです。母の店は今は順調ですが、将来何が起こるかわかりませんし、そのときに無知のせいでしなくてもいい損をしたり、苦しみを味わうのは嫌ですから」

「つまり、来るかどうかも定かではない母親の危機に備えるために、弁護士になったのか」

片眉を上げ、灰音はまた揶揄うように笑うと、半分ほど空《あ》いた悠莉のグラスにワインを注ぐ。

そして、自分のグラスも一気に飲み干して、新たに満たす。ボトルはもう空だった。

「自分のような社会的弱者が悪人に騙されないように、などと正義派気取りのことを言うのかと思っていたが、予想外の着地点だな」

「どうせ、マザコンですよ」

「べつに、悪いと言ってるわけじゃないぞ」

含《ふく》みのある声に口を尖《とが》らせると、灰音が唇の端を上げて薄く笑い、グラスを口に運んだ。

「法科大学院にも奨学金で行ったのか？」

「いえ。大学院には行っていません。旧司法試験のほうを受けましたから」

「旧のほうを、わざわざか？」

灰音は、微《かす》かに目を見開いて問う。

「歳の離れた妹が、インターナショナルスクールに通っているんです。母の店は繁盛《はんじょう》しているといっても小さい店ですし、収入のほとんどが妹の学費に消えていて、ずっとぎりぎりの生活なので、早く家計の支えになりたくて」

「君とはずいぶん、待遇《たいぐう》の違う妹だな」

仕方ありません、と悠莉は淡い苦笑を漏らして答える。

「父が借金の保証人になったために学費が払えなくなり、私も妹もそれまで通っていた私立から公立に転校したんですが、髪にちょっと色がついているだけの私と違って、妹は先祖返りでもしたみたいな容姿をしていて、そのせいですごく虐《いじ》められたんです。それが原因で、一対一や大人が相手なら平気でも、同じ年頃の日本人の集団の中にひとりでいると、パニックを起こすようになってしまったので」

平成十八年度から実施《じっし》されている新司法試験は、弁護士の増産をその目的としているために、旧試験と比べて合格が極端に容易になっているが、数百万円もの費用がかかる法科大学院を修了しなければ受験資格を得られない。

制度移行期の間、新試験と並存する旧司法試験のほうは資格を問わないものの、新試験で合格者数が大量に増大した分の煽《あお》りを受け、従来三パーセント前後だった合格率は一パーセント以下まで急降下していた。

在学中にその狭《せま》き門を突破できなければ、悠莉は弁護士になることを諦めざるを得なかった。

だから、大学時代はひたすら勉強に没頭《ぼっとう》する毎日で、コンパやサークル活動などの大学生らしいことは何ひとつできなかった。

後悔はしていないし、妹のために犠牲《ぎせい》になったとも思っていないが、学生生活を満喫《まんきつ》していた周囲の友人が羨《うらや》ましくなかったと言えば嘘になる。

「なるほど。確かに仕方のない理由だな」

灰音は納得したように頷いて言う。

「司法修習はいつ終えたんだ？」

「先月です」

「と言うことは、君はまだ二十四か？　妙に言動が子供っぽいと思っていたが、本当に子供だったんだな」

その声には、若さゆえの未熟さに対する揶揄《やゆ》が滲《にじ》んでいた。

「弁護士としてまだ駆け出しであることは事実ですが、子供と言われるような歳ではありません」

眉をひそめて返すと、「そうやって、冗談にいちいち本気でむきになるところが、子供の証拠だ」と鼻で笑われた。

「しかし、まあ、温室でちやほや育てられた頭の螺子《ねじ》の緩《ゆる》い坊やかと思っていたが、多少は世間の荒波に揉《も》まれて、苦労してきたようだな」

ふいに伸びてきた灰音の手に、頭を強く撫で回される。

「……酔っ払ってるんですか、灰音さん」

「たかがワインのボトル半分ていどで、酔うわけないだろう。それに、そもそも、酔っているかどうかを私に訊くのは、ナンセンスだぞ。酔ってない、は酔っ払いの常套句《じょうとうく》だからな」

「もう、どっちなんですかっ」

当ててみろ、と灰音は笑い、悠莉の緩《ゆる》くうねる濃い杏色《あんずいろ》の髪を指先で弄《もてあそ》ぶ。少しくすぐったいようなその感触に、心臓が狂ったような早鐘を打ち始め、ひどく苦しくなる。

だが、嫌だとは思わない。たまらなく苦しいのに、一方でこの意味のない戯《たわむ》れに脳が溶けそうな酩酊感《めいていかん》を覚えた。

もっと触れられたくて大人しく身を任せていると、ふいに灰音が「下のほうが色が濃いな」と柔らかな声で言った。

「……下の色?」

咄嗟に意味が理解できず、首を傾《かし》げた悠莉に、灰音が艶めいた甘い微笑を向ける。

「ああ。赤い陰毛を生《なま》で見たのは初めてだが、実に卑猥《ひわい》な色だな」

「――セ、セクハラで訴《うった》えますよっ!」

思わず身を退《ひ》いて叫ぶと、「処女みたいな反応だな」と笑われた。

「なっ、なっ、なっ――」

単なる言葉の綾《あや》だとわかっているのに、最大のコンプレックスを刺激するその言葉に過剰《かじょう》なほど狼狽えてしまい、顔が熟《じゅく》したトマトよりも赤くなった。

すると、灰音は笑みを消し、何か奇妙な生き物を観察するような眼差《まなざ》しを投げかけてきた。

「本当に童貞《どうてい》なのか？」

「——し、仕方ないじゃないですかっ。学生のときは勉強漬《づ》けで、女の子と付き合ってる暇《ひま》なんかなかったんですからっ」

他人に最も知られたくない秘密を暴《あば》かれ、もうかく恥のなくなった悠莉は半ば自棄《やけ》になり、ついでとばかりに「あの写真、消去してくださいっ」と叫んだ。

「どの写真だ？」

わざとらしくとぼけた口調が返ってくる。

「灰音さんが無理やり撮《と》った私の写真ですっ」

「消してほしいのか？」

「当たり前です！」

興奮し過ぎたせいか、軽い眩暈を覚えながら、生理的な涙を滲ませた目で睨《にら》んだ。だが、テーブルに肘《ひじ》を突いて薄く笑む灰音は、悠莉の睥睨《へいげい》などまるで意に介したふうもない。

「なら、明日、また何か料理を作りにこい。美味《うま》かったら消してやる。だが、嫌だと言うならバラ撒《ま》くぞ」

灰音は笑い上戸《じょうご》なのかもしれない。その脅迫《きょうはく》が冗談なのは、笑いを含んだ声音でわかる。離婚交渉以外にこの週末の用はないのだから、願ってもない誘いだ。料理を作るのも、嫌ではない。けれども、素直に承諾《しょうだく》する気にはなれなかった。

食事を作ってほしいなら、普通に頼めばいいのにと思う。

こんな意地の悪いことを言わずに、情報を得るために近寄ったあの男にしていたように、優しく笑って誘ってくれたら、すぐに頷くのに。

どうせなら、素面《しらふ》のときも怖い顔をせずに笑ってほしい。見ているだけで夢見心地になるあの甘い笑みを、自分にも──自分だけに向けてほしい。

そう思った瞬間、悠莉は自分で自分に息が止まりそうになるほど驚いた。

男に優しくされたいと思うなんて、絶対におかしい。途轍《とてつ》もなく変だ。

そんなことぐらいわかっているはずなのに、どうして灰音に優しくされたいなどと思うのだろう。

どうして、灰音の笑顔を独占したいなどと思うのか。

昨夜、どうして、キスをしたくなったのか。どうして。なぜ──。

「……あり得ない」

無意識に震わせた声を聞《き》き咎《とが》めた灰音が、「何が?」と目を眇《すが》めた。

「──わ、私にばかり秘密を喋《しゃべ》らせて卑怯《ひきょう》です。灰音さんも教えてください。どうして、離婚に応じてくれないんですか」

一瞬浮かんだ恐ろしい考えを振り払おうとして、悠莉は強引に話を捻《ね》じ曲《ま》げた。

「愛しているからだ」

「──ち、違《ちが》……。そんなはずありませんっ」

好きだから。恋してるから。愛してるから。

気づかなかったふりをして、頭の中から遠くへ蹴り飛ばしたはずの言葉を冷静な声で投げ返されて、心臓がせり上がる。

「妻がどう言ったのかは知らないが、私は彼女を愛している」

「……は？　奥様、を……？」

「そうだ。妻も承知しているはずだが、私はそういうことを言葉にして伝えたりはしないから、それが不満らしい。仕事が忙しくてかまってやらないと、彼女は私の気を引こうとして、いつもこうして騒ぎを起こす。さすがに、弁護士まで雇《やと》っての茶番劇は今回が初めてだがな」

「で、でも、仮面夫婦だと仰《おっしゃ》って……」

「まさか、君は、依頼人がいつも真実しか言わないとでも思っているのか？」

ふいに冷たくなった笑みが、身体の火照《ほて》りを一気に奪う。

まるで鉛《なまり》を流しこまれたように胃が重くなり、込み上げてきた強烈《きょうれつ》な不快感で目の前が歪《ゆが》み、白んでいった。

はしゃいだような女の声が聞こえる。母や妹の声ではないが、知っている気がした。

誰の声だろうかと考えながら、悠莉《ゆうり》はぼんやりと瞼《まぶた》を震わせた。

「――本当に？　大好きよ、紫乃《しの》！」

すぐ間近で上がった声の主を視線で探ると、灰音《はいね》に抱きつく留美《るみ》の姿が見えた。

驚いて上半身を起こし、悠莉は自分がソファの上に寝かされていたことに気づいた。

「あ、先生。起きたのね。ね、聞いて！」

向かいのソファに灰音と座っていた留美が、駆け寄るような勢いで悠莉の隣に移ってきた。

「まず紫乃に言ってから先生にも連絡しようと思ってたんだけど、ここにいてくれてちょうど良かったわ。私、赤ちゃんができたの」

悠莉の手を取り、留美は嬉しそうに笑う。

事務所では年下の悠莉にも敬語を使っていたが、嬉しさに舞い上がっているのか、友人に対するような軽い口調だ。

「……それは、おめでとうございます」

勢いに気圧《けお》され、悠莉は呟くように声を細く漏《も》らした。

何がどうなっているのか、状況が理解できず、説明を求めて灰音を見た。

だが、灰音は目を合わせようともせず、台所のほうへ行ってしまった。

「ありがとう。あ、そうそう。急に倒れちゃったって紫乃が言ってたけど、大丈夫？」

ぼんやりとダイニングテーブルを見遣《みや》ると、ワインボトルや食器がそのまま置かれていた。

午後十時を少し回っている。灰音の告白を聞いて血の気が下がり、一時間ほど気絶していたようだ。

おそらく、その間に留美が帰ってきて、妊娠《にんしん》の報告がてら犬も食わない夫婦喧嘩《げんか》を終わらせたのだろう。

「……お騒がせしてすみません。多分、寝不足でお酒が回っただけだと思いますから」

でも、真っ青よ、と心配そうに留美は悠莉の顔をのぞきこみ、灰音に向かって声をかけた。

「ねえ、紫乃。念のため、お医者さん、呼んだほうがいいかしら？」

「必要ない。失神ていどで、こんな時間に呼びつけられる医者の迷惑も考えろ」

言いながら台所から出てきた灰音は、水の入ったグラスを悠莉に手渡した。

「社会人なら、体調管理くらいちゃんとしろ。それも仕事のうちだぞ。そんな常識もないのか」

咎《とが》める声に「すみません」と小さく詫《わ》び、悠莉は手の中のグラスを見つめた。

こんな気遣《きづか》いは、してほしくない。迷惑に思うなら、放っておいてくれればいいのだ。

馬鹿だ、非常識だと眉《まゆ》をひそめて軽蔑《けいべつ》するなら、ずっとそうしてほしかった。

普段の言動が冷たい分、ほんの少しでも違った態度を見せられると、それを特別な優しさと取り違えてしまう。

そして、心の中で勝手な想いが生まれてしまった。

勘違いをしたのは、自分が愚《おろ》かだからだとわかっている。

けれども、それを誘った灰音の気紛《きまぐ》れと、何より留美の嘘にどうしようもなく腹が立って仕方がなかった。

本当に不倫相手がいたのか、単なる狂言だったのかはどうでもいいが、留美がこんな騒ぎを起こさなければ、灰音と出会うこともなく、こんな惨《みじ》めな思いをしなくてもすんだのだ。

「ちょっと、紫乃。そんな言い方しなくてもいいでしょう。ごめんなさい、先生。気にしないでね」

妻だから当然なのに、灰音の名を気安く呼ぶその声が、ひどく耳障《みみざわ》りでならない。

勝手に縒《よ》りを戻しただけとはいえ、自分を初めて信頼してくれた依頼人が幸せになった。

それなのに、嬉しさや満足感は、欠片《かけら》も湧いてこない。感じるのは、留美が手にした幸せへの妬《ねた》ましさだけだった。

自分の気持ちに気づいた途端に失恋したばかりか、その妻から満面の笑みで妊娠の報告を受けるなど、まるで悪い夢でも見ているようだと悠莉は思う。

「――お邪魔でしょうから、帰ります」

「やだ、先生。邪魔だなんて、それは」

「失礼します」

全身から幸福感を振《ふ》り撒《ま》き、喜びに輝く留美をこれ以上見ていると、無様《ぶざま》に泣いてしまいそうだった。

何かを言いかけた留美を無視し、悠莉は逃げるように玄関に向かった。

早く出て行こうと焦《あせ》るあまり、縺《もつ》れる足で靴《くつ》を履《は》こうとしていると、背後から居丈高《いたけだか》な声がした。

「私に介抱《かいほう》させて、礼もなしか」

——気分が悪くなったのは貴方《あなた》のせいなのに。

反射的に漏らしそうになった恨み言《うらみごと》をどうにか飲みこみ、悠莉は俯《うつむ》いて靴を履きながら、投げつけるように「どうも」と声を吐《は》いた。

その瞬間、腕を摑《つか》まれ、強い力で身体を引き寄せられた。

「それが、礼を言う態度か？」

顎《あご》を摑まれて仰《あお》のかされ、睨《にら》まれる。

射るように見下ろしてくる漆黒《しっこく》の双眸《そうぼう》に、総毛立《そうけだ》った。

恐ろしかったからではない。愛する妻がいて、しかももうすぐ父親になろうというこの男を自分だけのものにしたい、という浅ましい欲望をはっきりと感じたからだ。

もう限界だった。

優しくされたい。笑ってほしい。愛してほしい。

叶《かな》うはずもないとわかっていながら、あとからあとから溢《あふ》れ出《で》てくる虚《むな》しいこの想いを、いったいどうやって始末すればいいのだろう。

底なしの絶望に呑《の》まれそうになり、悠莉はその恐怖に耐えきれず涙をこぼした。

「子供じゃあるまいし、言いたいことがあるのなら、泣いてないでちゃんと言え」

「言いたく……ありません……」

「どうしてだ」

「……貴方の気分を害することだからです」

「私の気持ちを、君が勝手に決めるな」

灰音は形のいい眉を寄せ、少し怒ったように言う。

「──そ、そういう顔をされたくないから、言いたくないんですっ！」

奥にいる留美を気にして抑えていた声を、我慢できずに荒げた瞬間だった。焦点《しょうてん》が合わなくなるほどの至近距離まで灰音の顔が近づいてきて、唇を塞《ふさ》がれた。

驚きのあまり硬直する悠莉の口腔《こうこう》を、灰音の舌が侵《おか》す。体内で初めて感じる他人の熱に怯《おび》えて逃げた舌はすぐに易々《やすやす》と搦《から》め捕《と》られ、痛いほどに吸われた。

「──う、……ん、ふっ、ん、んっ」

口を塞がれて、どうやって息をすればいいのか、わからなかった。

ただ苦しくて、必死で灰音の背に爪《つめ》を立ててもがいた。

長い口づけからようやく解放されたときにはもう立っていられず、悠莉はその場にへたりこんだ。

「これでも言いたくないか?」

頤《おとがい》をゆっくりとなぞられ、電流でも流されたかのように身体がびくりと跳ねる。

「な、んで……、こんな……」

思考と鼓動が激しく乱れて息苦しい。

浅く喘《あえ》ぎ、涙をこぼしながら吐息を震わせたとき、屈《かが》みこんできた灰音にまた口づけられた。

今度は唇を啄《つい》ばまれるだけのキスだった。優しく唇を食《は》まれ、頰を伝う涙をそっと吸われる。

酩酊《めいてい》してしまいそうに心地よく、されるがままに唇や頰に押し当てられる柔《やわ》らかな熱を感じていると、留美の声が聞こえた。

「ねえ、ちょっと、そこのおふたりさん。私、まだ居《い》るんですけど」

腕を組んで近づいてくる留美の姿を視界の端に捉《とら》えた悠莉は、また気が遠のきかけた。

白みそうになる頭で必死に弁解の言葉を探したが何も見つからず、焦りで余計に思考が空回《からまわ》りしてしまう。

「こんな所でさからないでよね。帰りたくても、帰れないじゃない」

「送っていかないぞ」

顔色を失《な》くす悠莉の隣で、灰音は慌てるでもなく、平然と声を放った。

「いいわよ。彼が駐車場で待ってるから」

そう言うと、留美は灰音に縋《すが》るようにして腰を抜かしている悠莉の顔をのぞきこんだ。

「お邪魔なのは私のほうだから、もう消えるわね、先生」

少女めいた悪戯《いたずら》っぽい表情を浮かべる留美には驚いたり、怒ったりしている様子はまったくなかった。

「報酬《ほうしゅう》は週明けに振りこむわね」

「でも、私は何もしていませんが……」

おずおずと見遣って言うと、留美は「私、先生には心から感謝してるのよ」と笑う。

「だって、仮面夫婦がお互いに本当に好きな人を見つけて離婚するのって、理想のハッピーエンドでしょ」

「あ、あの……？」

留美が灰音の子を妊娠し、縒りが戻ったのかと思っていたのに、予想もしていなかった言葉ばかりが聞こえてきて、頭の中の混乱が益々《ますます》ひどくなる。

「紫乃って口も性格も最低に悪いゲイだけど、同居人としての相性は良かったし、私だけ幸せになるのは気が引けてたの。だから、先生、紫乃のことよろしくね」

そう笑んで言った留美は、「あ、でもね」と耳打ちするようにして言葉を続ける。

「この人、可愛《かわい》いコをいたぶって泣かすのが大好きなドSの変態だから、気をつけてね」

「余計なことを言ってないで、さっさと帰れ」

低く凄《すご》む灰音には取り合わず、留美は「じゃあね、先生」と晴れやかな顔で悠莉に手を振り出て行った。閉まった扉の鍵《かぎ》を忌々《いまいま》しげにかけた灰音を、悠莉は呆然《ぼうぜん》と見上げる。

「離婚、したんですか……？」

「他人の子の父親になる気はないからな」

何の感慨《かんがい》もなく、灰音は問いを肯定《こうてい》する。

「……でも、奥様を愛してるんでしょう？」

「本気で訊《き》いているのなら、君は救いようのない馬鹿だぞ。愛している妻の目前で、男にキスをする夫がどこの世界にいる」

「じゃあ、何であんなこと言ったんですか！」

心底呆《あき》れたように言われ、悠莉は思わず声を張り上げ、灰音を睨む。

「どんな反応をするか見てみたかったんだが、まさか気絶するとはな」

薄く笑う灰音に、腕を引かれ立たされる。

「君は、私が妻を愛していると、気絶したり、泣いたりするほどショックを受けるようだな」

腰を抱き寄せられ、全身が震えた。また膝が折れそうになるのを必死で堪《こら》える悠莉の耳元で、灰音は「なぜだ」と問う。

それは、悠莉の狼狽《ろうばい》ぶりを楽しむかのような、底意地の悪い声だった。

「――わかってるんでしょう？」

「君は、感情がそのまま顔に出るからな。さっきも、留美への嫉妬《しっと》がだだ漏れだったぞ」

「だったら、何で訊くんですかっ」

「困って泣きそうになる顔を見たいからだ」

羞恥《しゅうち》のあまり伏《ふ》せた顎を捉えられ、唇を重ねるだけのキスを落とされる。

「……どうして、キスするんですか？」

「君が好きだからだ」

悠莉が口にできなかった言葉を、灰音は大人の余裕からか、照れもなく発した。

「――いつからですか？」

「初めて会ったときから、好みだと思っていた」

「……ほ、本当ですか？　俺のこと、あんなに貶《けな》したくせに」

嬉しさと驚きで狼狽がさらに深くなり、一人称を家族や友人の前で使っている「俺」に戻してしまっていたが、悠莉にはそれを正す余裕などなかった。

「怖い所長に連絡されるのが嫌で、職務質問から逃げたと言う君に、本気で呆れたのも事実だが」

そう答えながら、灰音は悠莉の髪を梳《す》くようにして弄《もてあそ》ぶ。

「君は留美の雇《やと》った弁護士だし、何よりとても同類には見えなかったからな。だから、最初は一縷《いちる》の望みもない相手なら、いっそ嫌われたほうがマシだと思っていた」

「じゃあ、どうして……」

「店で写真を撮《と》った私を、君は涙目で睨んだだろう？　あの目にやられた」

「……目？」

「そうだ。写真を撮るまでは完全に仕事だったのに、必死で涙を堪えて、犬の仔《こ》のように震えながら目を潤《うる》ませている君を見たら、不覚にも一瞬で落ちた。あの瞬間から、君を思う存分啼《な》かせてみたい、と毎日そのことばかり考えていた」

耳朶《じだ》を甘嚙《あまが》みされて囁《ささや》かれ、腰が砕《くだ》けそうになる。たまらず灰音にしがみ付くと、唇を優しく啄ばまれた。

「だ、だけど、あのときの灰音さん、すごく怖くて、全然そんな変なこと考えてるふうには見えませんでしたけど……」

「当然だ。職務中だったんだからな」

「……所長に連絡してくれたり、昨夜、雨宿りさせてくれたりしたのは、その……」

下心だ、と灰音はあっさりと認める。

「君を怒らせたままでは、口説《くど》いたところで成果は期待できないからな。攻略のための足掛かりに、と思って事務所に連絡を入れたのに、あの日を境に毎日あんなにしつこかった電話がまったくかかってこなくなって、自業自得《じごうじとく》とは言え、相当嫌われたものだと気落ちしていた」

灰音は苦笑し、悠莉の額に唇を押し当てる。

「あの件が一段落ついた昨夜は、とりあえずこちらから連絡して、少し機嫌を取ってみようと思っていた矢先だったから、エントランスでずぶ濡《ぬ》れになって震えている君を見たときには、内心、小躍《こおど》りしていた」

「だったら、昨夜も今日も、もう少し優しくしてほしかったです」

「十分、優しかったつもりだが？」

悠莉の抗議を心外だと言わんばかりに、灰音は鼻筋に皺《しわ》を寄せた。

「た、確かに、以前と比べたら、少しはそうかなって思いましたけど、口説かれてる気なんて全然しませんでした」

「それは君が鈍《にぶ》いからだ」

額を擦《こす》りつけるようにして、灰音は笑う。

「まあ、昨夜の時点では、仕事で嫌々会いに来たのだろうと思って、かなり自制していたが、今晩は完全に口説いていたぞ。大体、普通、男が男の髪をべたべた触ったりするか？」

「だけど、灰音さん、冷たくて、意地悪なことばかり言うし、そ、それに、あの男《ヒト》にしていたみたいに笑ってくれなかったじゃないですか」

「あのヒト？」

「カフェで一緒にいた男の人です」

「好きだと言えないくせに、嫉妬だけは一人前だな」

灰音は皮肉げに揶揄《やゆ》して、悠莉を仰のかせる。そして、「優しくされたいなら、その前に私に言うべきことがあるだろう？」と悠莉の頤を摑む指先を愛撫《あいぶ》するように遊ばせる。

「――あ、あの、灰音さん……は、ゲイなんですか？」

今まで告白など一度もしたことがない。だから、気恥ずかしくて、素直に灰音への想いを口にすることができなかった。

悠莉のその強情《ごうじょう》さを咎めるように灰音は双眸を細め、「そうだ」と答えた。

「職場の人も知ってるんですか？」

「本当に君は非常識だな。警察組織で、そんなことを公《おおやけ》にできるはずないだろう」

「じゃあ、公安の人は、灰音さんが単にゲイのふりをしていたと思ってるんですか？　あんなに自然に男といちゃいちゃしてたのに。それに、俺の電話に出られないくらい四六時中一緒にいたってことは、あの人と、そ、そういうこともしてたんでしょう？」

嫌味に嫌味で応じようとしたのに、結局嫉妬の噴出《ふんしゅつ》になってしまい、灰音に笑われた。

「部下たちが見ている前でセックスしていたわけじゃないから、今のところは怪しまれてはいないが、離婚が知れ渡ったら、時期的にあれで目覚めたと邪推《じゃすい》されるかもしれないな」

「……留美さんは、灰音さんがゲイだと結婚する前から知ってたんですか？」

わかっていたはずなのに、あの男と関係を持っていたことをはっきりと肯定され、口の中に苦いものが広がる。

俯いて声を沈《しず》ませた悠莉の頬を、灰音が宥《なだ》めるように撫《な》でた。

「ああ。私が学生だったとき、男とホテルから出てきたところを、運悪く目撃されてバレた」

「学生って……じゃあ、留美さんとは昔からのお知り合いだったんですか？」

初めて知る事実に悠莉は驚き、灰音を見上げて問う。

「そうだ。留美には私よりひとつ年上の兄がいて、彼と私は小学校の頃から学校も部活も同じだった。それで、自然と仲良くなって、よく家にも遊びに行っていたからな。もっとも、結婚するまでは、ほとんど口をきいたこともなかったが」

「おふたりは政略結婚だったと伺《うかが》いましたが、……親同士で勝手に決められたんですか？」

特に詳《くわ》しく知る必要がなかったので、留美からふたりが政略結婚をするに至った過程までは聞いていなかった。資産家令嬢《れいじょう》とエリート官僚の政略結婚なのだから、何となく灰音を頭脳だけで伸《の》し上《あ》がった男なのだろうと思っていた。

だが、留美の兄と同じ学校に通い、親しく付き合っていたということは、灰音も相当の家の出に違いない。

「いや。私たちの結婚は政略結婚と言えば、まあ確かにそうだが、この結婚で駆け引きをしたのは親ではなく、私たち当人同士だ。我々は互いの秘密を知っていて、偽装結婚の相手としては最適だったからな」

「秘密？」

灰音の秘密がゲイだということは聞くまでもないが、留美のそれは何なのだろう。

上目遣《うわめづか》いに灰音を窺《うかが》うと、耳を疑う言葉が落ちてきた。

「留美は自分の兄を愛していた」

「——え？」

「当然、まったくの片思いだったが、いじらしいと言うか、諦《あきら》めが悪いと言うか、成就《じょうじゅ》しない恋ならせめてずっと一緒にいたい、といつも彼のそばにくっついていた」

「そ、それって、単に仲が良いってことじゃ……」

「いくら仲が良くても、普通、妹は兄にこういうことはしないだろう？」

言って、灰音は悠莉の唇を微《かす》かな音を立てて啄ばんだ。

「留美は一生嫁《とつ》がずに実家で兄と一緒に暮らしたいと思っていたようだが、母親が古い人間で、彼女を早く結婚させたがって、大学を卒業した頃から次々と見合い話を持ちこむようになったらしい。それで、留美は私のところに婚姻届《こんいんとどけ》を持って押しかけて来たんだ」

話を聞きながら、物欲しげにねだる目でもしてしまっていたのか、笑んだ灰音にまた小さなキスを繰り返される。

「好きでもない男に抱かれるのが死んでも嫌な留美にとって、女に興味がなく、兄への恋慕《れんぼ》も知っている私は最も都合のいい安全牌《パイ》で、結婚後も好きなだけ実家に入《い》り浸《びた》れるからと、いきなり婚姻届を突きつけられて唖然《あぜん》としたが、私にとっても、性癖《せいへき》のいい隠《かく》れ蓑《みの》になる上に、政財界に顔の利《き》く父親を持つ彼女との結婚は損にはならない話だった」

「……あの、そんなこと、俺に話してもいいんですか？」

「かまわない。留美から、私との仲を誤解されるのは嫌だから、話しておけ、と言われている」

同性愛者であることなどよりも遥《はる》かに大きな禁忌《きんき》を知ってしまい、ひどく困惑したが、本人の許可があると聞いて好奇心が頭を擡《もた》げた。

「灰音さんのほうはどうやって、留美さんの秘密を知ったんですか？」

「彼女の兄に用があって家を訪ねたとき、当時中学生だった留美が昨夜の君のように、転寝《うたたね》をしていた彼にキスをするところを偶然見たんだ。驚いたが言い触らすことでもないから黙っていたら、彼女も数年後に私の秘密を知ったときにそうしてくれた」

悠莉の濡れた唇を親指でなぞって、灰音は言う。

「そうだったんで――えっ？」

頭の中で灰音の言葉を反芻《はんすう》し、あの恥ずかしい犯罪めいた行為を気づかれていたのだとわかった瞬間、全身から羞恥が噴《ふ》き上《あ》がった。

咄嗟《とっさ》に逃げ出したい衝動《しょうどう》に駆られたが、灰音に腰をきつく抱かれ、身動きが取れなかった。

「……タヌキ寝入り……してたんですか？」

「君にキスされるまでは、本当に寝ていた。徹夜《てつや》続きで疲れていたしな」

恥ずかしさのあまり、眦《まなじり》に滲《にじ》んできた涙を、熱い舌先で舐《な》めとられる。

「まさか君に誘われるとは夢にも思っていなかったから、驚いてるうちに逃げられて、ずいぶん後悔した。すぐに押し倒しておけば、昨夜は独《ひと》り寝《ね》などせずにすんだのに、と」

手の甲で悠莉の頬を撫で上げ、灰音は笑う。

「昨夜、どうして私にキスをした？　ちゃんと言えたら、優しく抱いてやるぞ」

肉食獣《にくしょくじゅう》を思わせる獰猛《どうもう》な笑みを浮かべる灰音に、思考回路を溶解させる毒でも入っていそうなほどに甘い声で囁かれ、肌が粟立《あわだ》った。

灰音が好きだ。だが想いを告げれば、骨まで喰《く》らい尽《つ》くされそうな気がして怖かった。

「……す、好き、だったんじゃないんですか、本当は留美さんのこと」

どうしても素直になれずにこぼした強情に、灰音が眉根を寄せる。

「どこから、そんな馬鹿げた考えが湧くんだ？」

「だって、じゃあ、どうして今まで離婚に応じなかったんですか？」

そう問うと、灰音は「続きはベッドの上で話してやる」と、喉の奥で低く笑った。

灰音に手を引かれ、一歩足を踏み出すごとに膨《ふく》れ上《あ》がる羞恥と期待で息が詰まりそうになりながら連れこまれた寝室で最初に教えられたのは、キスの仕方だった。

廊下で突然、嚙みつくようにされたときにはただ苦しいばかりだった。けれども、教えられた息遣いを覚えてみると、すぐに頭の芯《しん》が溶けそうなほどに気持ちが良くなり、ベッドの縁《ふち》に並んで腰かけ、舌を絡ませ合っているだけで、下肢《かし》は熱を帯びてきた。

「……ん、ふぅ……、んっ」

「物覚えは悪くないようだな」

そう言って笑んだ灰音は、流れるような優雅な仕草で自分のネクタイを外しながら、もう片方の手で悠莉のスーツの上着を器用に脱がせた。

部屋には照明の淡い光が柔らかく満ちている。なのに、灰音はそれを気にするふうもなく、悠莉のネクタイを抜き取り、シャツのボタンを外しにかかる。

「あ、あの、灰音さん。電気、消しませんか？」

キスをしながら抱き合ったとき、服の上からでも灰音の引き締まった細身が纏《まと》うしなやかで逞《たくま》しい筋肉をはっきりと感じた。

凄艶《せいえん》な美を宿す白皙《はくせき》同様、その体軀《たいく》も彫像のように均整がとれているに違いない灰音の前で、ただ痩《や》せているだけの己《おのれ》の貧相さを晒《さら》してしまうのには抵抗があった。

だが、悠莉がおずおずと口にした提案は、「消したら、楽しくない」とにべもなく却下《きゃっか》された。そして、抗《あらが》う間もなくベッドの上に押し倒されたかと思うと、今度は下着ごとスラックスを一気に取り去られた。

「何だ。もう硬くしているのか」

熱を孕《はら》み、既に形を成《な》し始《はじ》めていた茎《くき》に揶揄する眼差《まなざ》しを向けられ、悠莉は咄嗟にそこを両手で蔽《おお》い隠《かく》した。

「──やっ。み、見ないで」

「見ないから、手を退《ど》けろ」

「……い、嫌」

明らかに嘘とわかる口調で唆《そその》され、悠莉は下肢を手で蔽ったまま首を振る。

「どうしても嫌なのか？」

「こんな明るいところでは嫌です……。お願いですから、電気、消してください」

悠莉の懇願《こんがん》に、一瞬間を置いて、「仕方ないな」と小さな呟きが落とされる。

ようやく部屋を暗くしてくれる気になったのかと安堵《あんど》した次の瞬間、いきなり身体を裏返しに転がされた。それればかりか、強引に引《ひ》き剝《は》がされ、背に回された手をネクタイできつく縛《しば》られてしまった。

「な、何するんですかっ。ほどいて──」

思いもよらない乱暴な扱《あつか》いに驚き、悠莉は抗議の声を上げかけた。

しかし、下肢の中心がいっそう硬度を増してゆくのを感じ、言葉を詰まらせる。

抵抗を易々と封じる強い力に、初めて愛を交わそうとしている相手が同性であることを改めて実感し、その背徳感に煽《あお》られたのか、それとも灰音の手荒さ自体に興奮したのかはわからない。

けれども、自分の身体が、到底普通とは言えないだろうこの行為を嫌がっていないことだけは確かだ。

「君は、あの写真を消してほしいと言っていたな」

灰音に対してよりも、理解しがたい勝手な反応を示す自分自身に狼狽していると、頭上からそんな声が落ちてきた。

どこか楽しげに発せられたその問いの求めるものが何となく察せられ、困惑して見上げた灰音に上半身を抱き起こされる。

「明日、食事を作りにきたら、という条件は撤回《てっかい》する。これから、私の言うことをちゃんと聞けたら消してやろう」

言いながら、灰音はベッドの中央で向かい合わせに座らせた悠莉の脚を割ろうとした。

「――やっ」

反射的に脚に力を入れて逆《さか》らったとき、身を乗り出してきた灰音に耳元で「悠莉」と優しく名を呼ばれた。

「脚を開け」

しまう。

鼓膜《こまく》に深く沁《し》み入《い》って響いたひどく甘い声音に、身体の奥底の何かが一瞬にして溶かされてしまう。

膝立ちの格好で見下ろしてくる灰音は、ネクタイを外した以外に着衣の乱れは何もない。それなのに、シャツをだらしなくはだけ、下半身を露《あら》わにしているだけでなく、その中心を昂《たか》ぶらせてさえいる自分の姿が途轍《とてつ》もなく淫《みだ》らに思え、泣いてしまいそうになるほど恥ずかしい。

だが、どうしても拒《こば》めなかった。

命じられるままに脚を震わせながら開くと、「いい子だ」と頬に褒美《ほうび》のようなキスをされた。

「一度も使ったことがないだけあって、さすがに初々《ういうい》しい色をしているな」

「……あっ」

根元からねっとりと舐め上げるような視線を絡められ、桃色の茎は下腹部に付く寸前に反《そ》り返《かえ》ってしまう。

「まだ何もしていないのに、何をひとりでそんなに興奮しているんだ？」

「ち、違っ。そんなんじゃ……」

灰音の笑い声に居《い》たたまれなくなって顔を伏せると、シャツを肩から引き落とされ、胸の尖《とが》りを暴かれた。

「違わないだろう？　こっちもこんなに勃《た》たせているじゃないか」

「あっ、やっ」

いつの間にか芯を持って硬く凝《こご》っていた乳首を摘《つま》まれた瞬間、鈍い疼《うず》きが背を走り、腰が大きく揺れた。

「乳首も性器も子供みたいに薄い色なのに、陰毛だけが濃い赤というのはいいな。淫靡《いんび》でそそられる」

言って、灰音は胸から離した手を下肢に淡く茂る赤い叢《くさむら》の中に潜《もぐ》らせる。

「んっ、あ……」

「柔らかいな」

光沢《こうたく》のある赤の翳《かげ》りを掌《てのひら》でゆっくりと撫でながら笑み、灰音はその感触を楽しむように毛を梳いたり、逆立てたり、擦り合わせたりする。

ただ下生《したば》えを触られているだけなのに、昂ぶりは痛いほどに張り詰め、鈴口《すずぐち》に透明な蜜《みつ》がじわりと滲んだ。身体はもっと直截的《ちょくさいてき》な刺激を欲しがっていたが、そんなはしたない要求ができるはずもなく、悠莉はもどかしい切なさに腰を揺らして眦に涙を溜めた。

「留美の兄は三年前、事故で亡《な》くなった」

掬《すく》いとった毛先を指先に絡め、灰音は静かな声で言った。

「その数日前、たまたま出張の土産《みやげ》を持って家に寄ってくれた彼の帰り際の言葉が、『留美を幸せにしてやってくれ』だった。結婚してから、顔を合わせるたびに言われていたことで、彼にしてみればいつもの軽い挨拶《あいさつ》代わりのつもりだったんだろうが、私にとってはそれが彼の遺《ゆい》言《ごん》になった」

そう告げた灰音が、ふいに柔らかな毛を弄ぶ指先に力を入れる。

「ひぁっ！」

恥毛《ちもう》をきつく引っ張られるその痛みに驚き、悠莉は悲鳴を高く迸《ほとばし》らせた。

「彼が亡くなったあと、留美はしばらく泣き暮らしていたが、ある日突然、何を思ったのか、彼に似た男を次々に漁《あさ》り始《はじ》めた。だが、それでも一応、世間の目を気にして行動していたし、元々」

「い、痛っ。灰音さん、それ、やめてくださ——あ、やっ。ひ、引っ張らないで！」

悠莉は灰音の言葉を遮《さえぎ》って、高く啼《な》く。だが、赤い茂みの中で蠢《うごめ》く指の力は強くなるばかりだった。

「元々、互いの私生活には干渉《かんしょう》しない約束になっていたからな。それで彼女の気が晴れるならと思い、放っておいたんだが、結婚したい男がいるから離婚してくれと言われたときにはさすがに驚いた。君は、相手の男のことを聞いているか？」

「し、知らなっ……。灰音さん、お願いっ！　あっ、んぅっ」

少しでも痛みを和《やわ》らげようと、悠莉は無意識に灰音の手の動きに合わせ、腰を突き出すようにして振っていた。

熟して色を濃くした肉茎《にくけい》を淫猥《いんわい》に躍らせながらベッドのスプリングを軋《きし》ませているうちに、

皮膚《ひふ》の引《ひ》き攣《つ》る痛みがしだいに奇妙な疼きへと変わり、先端の秘裂《ひれつ》から止《と》め処《ど》なく雫《しずく》が滴《したた》り出《だ》す。そして、それは赤い茂みの上にもこぼれ落ち、灰音の手で広げられる生温《なまぬる》いぬめりに悠莉は身悶《みもだ》えして啜《すす》り泣《な》いた。

「留美より三つ年下の劇団員だ。酔《よ》っ払《ぱら》いに絡まれているところを助けてもらって、付き合い始めたらしい。遺言のこともあったから、留美が幸せになる邪魔をする気など毛頭《もうとう》なかったが、いくら何でも、学生のアルバイトのような収入しかないやくざ者との結婚など論外だ。幸せになるどころか、金蔓《かねづる》にされるのが落ちだからな」

「ん、んぅーっ」

湿った叢の中で乱暴に掌を握《にぎ》りこまれ、悠莉は背を大きく撓《しな》らせる。

「それに、彼女のことだから、本気で愛しているなどと言っていても、どうせそのうち、今までの男のように飽《あ》きるだろうと思っていた。だから、離婚に応じなかったんだ。これで納得したか？」

「――しましたっ！　だから、離してっ。い、痛いんですっ」

「痛い？　気持ちよく、よがっているようにしか見えないが？　君のペニスは大喜びで涎《よだれ》を垂《た》らして、赤毛がこんなにぐしょぐしょになっているじゃないか」

濡れた水音をわざと響かせるように和毛《にこげ》を掻《か》き回《まわ》され、その下に生まれて溜まる熱で腰骨が溶けそうになる。

昂ぶりを滾《たぎ》らせる熱いうねりを放ってしまいたいのに、もどかしい疼きだけではそうできず、苦しくてたまらなかった。

「やっ。お、お願い、灰音さん。やめてっ！　そこじゃ……ないっ」

「何だ。別のところを弄《いじ》ってほしいのか？」

羞恥に耐えながら、悠莉は何度も頷く。

「どこがいいんだ？　はっきり言わないと、わからないぞ」

「──し、下。その、下を……」

消え入りそうになる声を震わせて乞《こ》うと、艶めかしい声に「なら、うつ伏せになって、腰を上げろ」と命じられる。

それがどれだけ淫らな格好なのかを冷静に判断する余裕などなく、悠莉はその言葉に従って身体を反転させて獣《けもの》のように這《は》い、愛撫をせがむように灰音に向けて腰を突き出した。

「そのまま脚を広げて、少し待っていろ。できなかったら、朝まで達《い》かせないぞ」

そう言い置いて、灰音は寝室を出て行った。

ただこの苦しみから逃れたい一心で、言われた通りの姿で灰音を待っていると、ふと広げた脚の間に赤く熟《う》れた茎が垂れ、その先から滴り落ちてシーツを汚《よご》している細い糸が見えた。

まるで、粗相《そそう》をしているような光景だった。激しく赤面し、閉じられない脚の代わりに瞼をきつく伏せたとき、灰音が戻ってきた。自分の痴態《ちたい》を考えると、とても目を合わせられず、顔をシーツに埋《うず》めた直後、ふいに双丘の狭間《はざま》に垂らされたぬめる液体を感じた。

「——やっ。な、何っ？」

「君がさっき使っていたオリーブオイルだ」

驚いて首を巡《めぐ》らせた悠莉に薄く笑んで、灰音は硬く窄《すぼ》まった入り口を指の腹で押す。

「この家には、私も留美も男は連れこまないから何も用意がない。これで我慢しろ」

「あぁっ！」

細くて硬い指が、ぬるりと押《お》し挿《い》ってくる。

痛みはなかった。だが、初めて知る異物の侵入感に本能が嫌悪を訴《うった》え、内腿《うちもも》が激しく慄《わなな》く。

男同士がどこを使って愛し合うかぐらいの知識はあったが、何の心の準備もないままに誰にも見せたことのない蕾《つぼみ》を犯され、悠莉は凄《すさ》まじい狼狽を覚えた。

「い、嫌っ。灰音さん、そんなところ、あ、……やぁ！」

「自分で下を触ってくれとねだったくせに、何が嫌なんだ？」

隘路《あいろ》を強引に押し開き、指を奥深くへ進めながら発せられたその声は、ひどく意地の悪い響きを宿していた。

「あ、あっ。——そ、そこは、違っ。別の、ところ……、あぁっ」

「じゃあ、どこだ？　はっきり言葉にしないとわからない、とさっきも言っただろう？」

根元まで沈めた指をぐるりと回し、灰音は悠莉の口から卑猥《ひわい》な言葉を引き出そうとする。

触れてほしいのは、捉えられそうで捉えられない極《きわ》みを求め、限界寸前に赤く膨れ上がっているものだ。だが、いったいどう伝えればいいのかわからず、唇を噛んで逡巡《しゅんじゅん》していると、それを咎めるように挿《さ》し入《い》れられた指が前後に動き始めた。

「ひぅっ！」

内部を探るように蠢いていた指先がある場所を掠《かす》めた瞬間、頭の中で目の眩《くら》む快感が爆《は》ぜ、内壁が勝手に激しく収縮しながら灰音をきつく食い締めた。すると、灰音は纏わりつく媚肉《びにく》を押し返すようにして、そこばかりを執拗《しつよう》に責め立てた。

「あっ、あんっ。やめっ、……んぅっ」

「そう言えば、留美の子はどうしたらいい？　私との婚姻中に妊娠したのだから、法律上は私の子になるんじゃないのか？」

「……ちゃ、嫡出否認《ちゃくしゅつ》の訴《うった》えを、……あっ、出生から、あぁっ、い、一年以内にっ、や、あぁ……っ」

次々に襲《おそ》い来《く》る愉悦《ゆえつ》の波に意識が攫《さら》われそうになり、言葉が最後まで続かない。

だが、灰音も今は本気で答えを求めてなどないのだろう。手を休めずに、わざと粘る水音を立てながら見出《みいだ》した弱みを突き上げ、悠莉を乱す。

「——あぁっ。嫌、やめて！　もう駄目っ、駄目ぇっ！　灰音さん、抜いてっ。出ちゃううっ。出ちゃうから、しないで！」

皮膚の下で脳髄《のうずい》が痺《しび》れるほどの強烈《きょうれつ》な歓喜がのたうつ感覚に理性と羞恥が崩れさり、悠莉はシーツに顔を擦りつけ、腰を激しく振り立てながら悶え啼いた。

「馬鹿だな、君は。抜いたら、出せなくなるぞ？」

甘やかな声で諭《さと》すように言って、灰音は指を増やして律動《りつどう》をさらに速めた。

「ひぁっ、あ——あぁっ！」

蕩けた襞を嬲《なぶ》る摩擦熱《まさつねつ》が炎《ほのお》のように体内に噴き上がった瞬間、悠莉は堪えきれなくなり、腰を崩し落として白い精を撒いた。

自慰《じい》では経験したことのない、一瞬、まるで身体が霧散《むさん》したかのような錯覚《さっかく》をもたらした絶頂感に、半《なか》ば放心して倒れ込んでしまう。

「初めてだから、前を触ってやらないと達けないだろうと思っていたが、予想外の淫乱ぶりだな」

うつ伏せたまま、肩で息をして喘《あえ》ぐ悠莉の手首を縛るネクタイを解きながら、灰音が嬉しげに笑った。

「これから、色々と教え甲斐《がい》がありそうだ」

「……酷い、灰音さん」

息が整うのを待って、熱に潤んだ目で非難を向けると、なぜか小さな吐息《といき》が落ちてきた。

「酷いのは君だ。さっきの話の続きだが、介抱にかこつけて倒れた君を弄ろうと」

「そんなことしたんですか！　や、やっぱり、酷いのは灰音さんのほうじゃないですかっ」

「話は最後まで聞け」

思わず起こした身体を、灰音の腕の中に抱きこまれる。

「しようとしていたら、突然乱入してきた留美に邪魔されたんだ。大体、先に寝込みを襲った君に、抗議する権利はないぞ」

窘《たしな》めるように悠莉の鼻先を摘《つま》んで、灰音は眉を寄せた。

「兄を亡くしてから、あんなに喜んでいる彼女を見るのは初めてだった。だから、その祝福のつもりで離婚届に判を押したが、彼女が現れる前に、私はもう既にそうすることを決めていた。君のためにな」

「――え？　俺の……ため？」

「そうだ。私が留美を愛していると本気で信じて気を失った君の、あまりにも愚かしい単純さが愛《いと》しくてならなかった。だから、堂々と君を口説ける独身に戻りたかった」

言いながら、灰音は驚いて瞠目《どうもく》する悠莉の頤を掬う。

「いい歳をして、ついこの前まで学生だったような坊やに逆上《のぼ》せ上《あ》がって離婚までした私に、何も言ってくれない君のほうが、よほど酷いと思うが？」

自分を想う心の内を明かされ、また涙をこぼしそうになるほどの嬉しさが込み上げてきた。

だが、それでもやはり、面映《おもは》ゆさが拭《ぬぐ》いきれない。灰音の求めに応《こた》えたい気持ちはあるのに、どうしても舌が動かず、みっともないほどに朱の散った顔を伏せ、「だって」と口籠《くちごも》ることしかできなかった。

「だって、何だ？」

「……恥ずかしい、んです」

「濡れて勃起《ぼっき》したペニスや、いやらしくひくつく後ろの孔《あな》を見せるよりも、か？」

揶揄する問いかけに、悠莉は「そうです」と拗《す》ねた声を返し、灰音の胸に火照《ほて》った顔を埋めた。

「処女の羞恥心の基準は、理解しがたいな」

口調は皮肉げだが、汗で湿った悠莉の髪を梳いてくれる手は子をあやす母のように優しかった。特に怒ったふうもないその様子に安堵して、灰音の胸の中で収まりのいい場所を探そうと身じろいでいると、腰の辺りに硬いものが触れた。

「灰音さんの、熱い……」

知らず知らずのうちに呟きを漏らした唇を啄ばんで、灰音が「ああ。だから、そろそろ君の中で冷ましてもらおうか」と笑った。そして、見せつけるようにしてスラックスの前を寛《くつろ》げる。

眼前に現れた赤黒く脈打つものは、灰音と想いを通じ合えた甘い喜びを吹き飛ばすほどに太く猛《たけ》っており、悠莉は恐怖すら覚えながらベッドの上を後ろ手に逃げた。

「――む、無理です。そんなの、入りません」

「入らないかどうかは、やってみないとわからないだろう？」

「見たら、わかりますっ。そんな大きいの、絶対、無理ですってば！」

すぐに捕らえられ、組み敷かれながらも、悠莉は尚《なお》ももがいた。

だが、それは灰音の征服欲を煽っただけだったのか、伸しかかってくる力がさらに強くなり、逃げた腰を引き戻される。

「ひとりだけ先に気持ちよく達っておいて、私には我慢しろと言うのは、虫がよすぎるぞ」

拒絶を楽しむかのような声音で言った灰音に脚を大きく割り開かれ、悠莉は本気で怯えて悲鳴を上げた。

「嫌っ、やめて！　——手、手でしますからっ」

「だが、君は、手も口も下手《へた》そうだからな」

「やってみないとわからないでしょうっ」

涙を浮かべ、反射的にそう返すと、灰音は一瞬、その双眸を細くした。そして、奸計《かんけい》を巡らす悪魔を想わせる表情で艶然《えんぜん》と笑んだ。

「仕方ない。君がそんなに嫌だと言うのなら、今晩は挿《い》れないから、さっきのように、こちらに腰を向けて這え」

「……挿れないのに、どうしてですか？」

「いいから、早くしろ。あまり焦《じ》らされると、力尽くで犯したくなる」

酷薄に笑んで促《うなが》す灰音に警戒心を滲ませながら、それでも悠莉はその言葉に従った。

獣の姿になって向けた腰を引き寄せられた直後、後孔《こうこう》から漏れ伝うオイルと、悠莉のこぼした精液が混ざり合ってぬるつく会陰部《えいんぶ》に肌を灼《や》く熱を感じた。

「ひぅっ」

背後から、柔らかな陰嚢《いんのう》と肉茎を灰音の熱く硬いもので強く擦り上げられる。

性器で性器を愛撫されるその刺激は強烈で、悠莉の茎は瞬《またた》く間に張り詰め、蜜を滴らせた。

「あぁっ、やぁ！　んぁ、……も、もっと、ゆっくりっ、ゆっくりして！」

悠莉の訴えを無視して、突き上げは益々《ますます》速くなる。捏《こ》ね潰《つぶ》すような激しさで屹立《きつりつ》を擦り立てられ、凄まじい歓喜に脳が眩む。

堪えることなどとてもできず、腰を折って再び白濁を放ったときだった。

臀部《でんぶ》の薄い肉を鷲掴《わしづか》みにされ、綻《ほころ》びを残していた蕾に凶器のような灼熱《しゃくねつ》の塊《かたまり》を一気に突き挿れられた。

「――ああぁっ！」

下腹部に重い衝撃が響く。

柔壁が爛《ただ》れてしまいそうな恐ろしい熱さに、悠莉は背を震わせて仰《の》け反《ぞ》った。

「……嘘つきっ」

窄まりを裂くような圧迫感を少しでも和《やわ》らげようとして、咄嗟に掴んだシーツをきつく握り締めて詰《なじ》ると、灰音は低く笑って「強情を張った罰《ばつ》だ」と耳元で囁いた。

「それに、騙《だま》されるほうが悪い。少し常識を働かせれば、わかるはずだ。不能でもない限り、この状況で据《す》え膳《ぜん》を食わない男など、いるわけがないだろう」

脈打つ楔《くさび》を埋め込んだまま、灰音は悠莉の下肢と胸元に手を伸ばす。

赤く腫《は》れた乳首を捏ねられながら扱《しご》かれ、精を吐いて形を失っていた茎はまたすぐに節操もなく芯を持つ。そして、灯《とも》った熱が後孔を苛《さいな》む圧迫感をじわりと溶かし、その変化を見透かしたように灰音が腰を揺らした。

「んっ、ぁ……」

「私は同じことを何度も言うのは好きじゃない。優しく抱かれたかったら、言うべきことを言え」

これが最後のチャンスだぞ、と低い声で告げ、灰音は熟れた粘膜を楔でゆっくりと掻き回した。

「——は、灰音さんって、……ぅんっ、本当に、サ、サドの変態、なんですかっ」

三箇所を同時に責められる、苦痛と紙一重の快感に喘ぐ口から、悠莉は頑《かたく》なな言葉を切れ切れに漏らす。

「この週末は休みなのか？」

なぜか灰音が手の動きを止め、ふっと優美に口元を綻《ほころ》ばせた。

質問の意図が見えないままに頷くと、「私もだ」と返され、腰を痛いほど強く摑まれた。

「月曜まで時間はたっぷりある。私が留美の言う通りの男なのか、自分の身体で確かめろ」

言って、灰音はオイルのぬめりを借りて微塵《みじん》の容赦《ようしゃ》もない蹂躙《じゅうりん》を始めた。

「――あぁっ！」

その充溢《じゅういつ》に辛さを覚えたのは、わずか一瞬のことだった。

媚肉を捲《めく》り上《あ》げる勢いで内奥《ないおう》を穿《うが》つ猛りは全身に狂喜の漣《さざなみ》を広げ、身も世もない煩悶《はんもん》をもたらした。

「あ、あぁっ、あん、あっ！　い、やぁ……あっ、あぁっ」

愛しい凌辱者《りょうじょくしゃ》の激しい律動に合わせ、悠莉は高く嬌声《きょうせい》を放ち続けた。


水を求めて目を覚ましたときには、もう昼が近かった。

一晩中、声が嗄《か》れるまで啼《な》いたせいで腫《は》れているのか、やけに重い瞼《まぶた》を押し上げると、目の前に灰音《はいね》の寝顔があった。

喉の渇《かわ》きも忘れて端整なその美貌《びぼう》や、上掛けからのぞく逞《たくま》しい肩の線に夢見心地で見惚《みと》れているうちに、昨夜の痴態《ちたい》を思い出して下肢《かし》が熱くなる。

卑猥極《ひわいきわ》まりない要求に屈《くっ》し、悶《もだ》え啼《な》く悠莉《ゆうり》の姿に最も昂《たか》ぶっていた灰音は、間違いなく嗜《し》虐的嗜好《ぎゃくてきしこう》の持ち主だ。

だが、執拗《しつよう》な責め立てに感じたのは恐怖や嫌悪ではなく、劣情《れつじょう》を煽《あお》る悦《よろこ》びだった。

どれほど恥ずかしい体位や言葉を強《し》いられても、悠莉の屹立《きつりつ》はまるで萎《な》えず、何度吐精《とせい》したかわからない。

性的経験がないことは最大のコンプレックスではあったものの、特に焦《あせ》ったこともなく、自慰《じい》すら滅多《めった》にしないのだから、悠莉は自分を淡白な質《たち》なのだろうと思っていた。

けれども、実際はずいぶんと貪婪《どんらん》だったようだ。

初めて知った自身の性癖《せいへき》に戸惑《とまど》いを感じないわけではなかったが、灰音に愛された嬉しさのほうが遥《はる》かに勝《まさ》っていた。

決して口には出せないが、灰音が望むなら、きっともっと淫《みだ》らになれる。

「……好き」

快楽に翻弄《ほんろう》されながらも、結局、意地を張り通して言えなかった言葉を、彫塑《ちょうそ》のように美しい白皙《はくせき》の上にこぼす。

「灰音さん、好き。意地悪な変態でも、大好き」

掠《かす》れた声で小さく呟いてそっと唇を掠めるキスをすると、ふいに灰音の目が開いた。

「どっちが変態だ。人の寝込みを襲って興奮している君には、言われたくない」

硬くなりかけていた茎《くき》を握《にぎ》り込《こ》まれ、堪《たま》らず悠莉は灰音の肩に縋《すが》りつく。

「んっ……。ま、また、タヌキ寝入り、して」

非難がましく言うと、灰音は「君がキスして起こしたんだろう」と柔《やわ》らかく笑む。

「それより、今の言葉をもう一度言ってくれ」

真顔で乞《こ》われ、顔が熱いほどに紅潮《こうちょう》した。

「あの、い、家に電話しないと……。無断外泊したから、きっと家族が心配してます」

女子高生か、君は、と灰音は鼻を鳴らして上半身を起こし、悠莉を組み敷く。

「まだ、啼かされ足りないようだな」

獰猛《どうもう》な獣《けもの》の眼差《まなざ》しで悠莉を射る灰音の雄《おす》も、いつの間にか猛《たけ》っていた。

両脚《りょうあし》を抱《かか》え上《あ》げられ、悠莉はこれから与えられる悦楽《えつらく》を期待しながら、鋼《はがね》の楔《くさび》を誘うように腰を揺らした。

マイ・ディア・チェリー・レッド

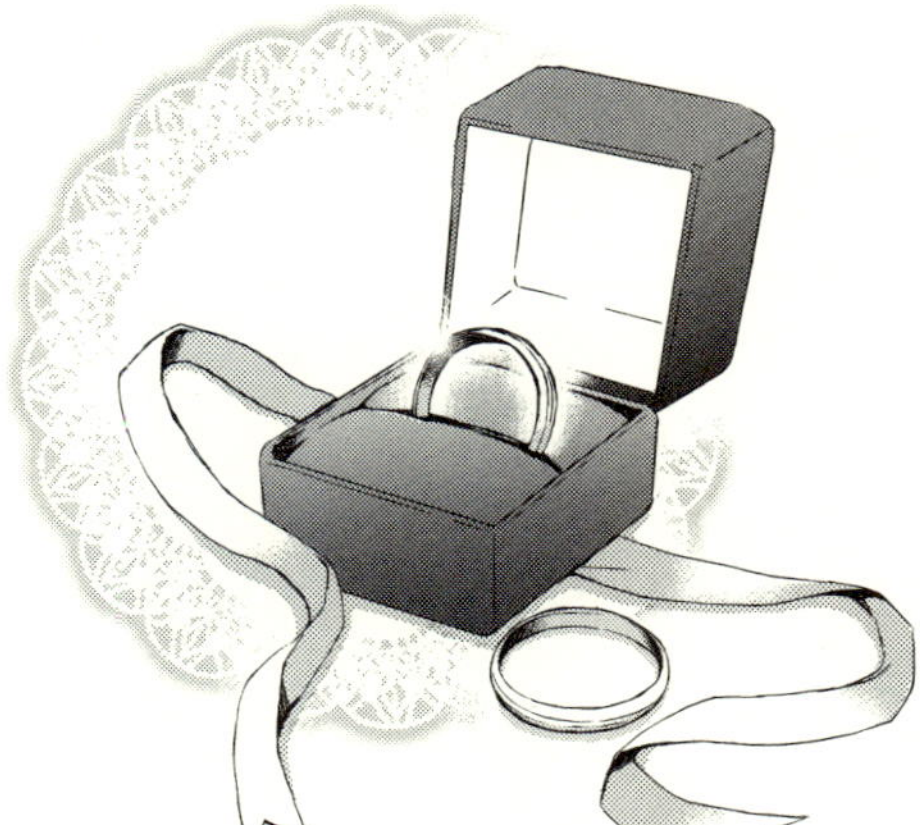

ぼんやりとした藍色《あいいろ》の空に、細い月が柔《やわ》らかな光を淡く滲《にじ》ませていた。

すっかり慣れた道を歩きながら、椿原悠莉《つばきはらゆうり》は綺麗な夜空だとうっとりと思う。

事務所を出る間際、所長の大伴《おおとも》にそう言うと、「今から直行しろ」と斜向《はすむ》かいのビルで夜間診療をしている眼科医院を指差された。

今夜の月は頼りなげな弓型だ。街が明るすぎるせいで、空に散らばる星も申し訳ていどにしか見えない。一般的に「綺麗」と形容するにはほど遠いことは十分に承知しているが、悠莉の視界の中でその夜空はとても美しく輝いていた。

十一月が近くなり、本格的な冬に備える街の景色は鈍《にぶ》くくすんでいるはずなのに、ここ一月ばかり、目に映《うつ》る何もかもが色鮮やかに煌《きら》めいて見える。

天気の悪い日には廃屋《はいおく》と間違われてしまう大伴ビルヂングの百年近い年月をおどろおどろしく刻みこんだ外壁にすら、気がつくと見惚《みと》れていることがあるくらいだ。

眼科医の受診を命じられるまでもなく、悠莉は日に日に顕著《けんちょ》になってゆく自分の目のおかしさをはっきりと自覚していた。

だが、その異変の原因は視力の低下などではない。

恋をしているからだ。

――それも、二十四歳にして生まれて初めての。

恋をすると、その日を境に世界はこんなにも美しく一変してしまう。

それを教えてくれた灰音《はいね》は八つ年上の警察官僚で、そして依頼人の元夫、つまりは悠莉と同じ男だった。

受け継いだ異国の血がはっきりと出ている髪の色と若さのせいで、弁護士としては頼りなく思われてしまうものの、同年代の異性への受けはそれほど悪くないのか、学生時代には何度か告白をされた。様々な事情から、当時は恋人を持つ余裕がなかったが、だからと言って異性に興味がなかったわけではない。

ほんの一月前まで、男と恋愛をするなどまったく想像もつかなかったことだ。

灰音への恋心を自覚した瞬間には驚いたし、戸惑《とまど》いもした。けれども、そんな動揺《どうよう》は、叶《かな》うはずがないと一度は諦《あきら》めかけた初めての恋が成就《じょうじゅ》した喜びの前に霧散《むさん》してしまい、悠莉は今、毎日が幸せでならなかった。

そして、今日はとりわけ、朝から胸が甘苦しく疼《うず》いていた。

灰音も悠莉も互いに仕事が忙しく、金曜の夜から月曜の朝までずっと一緒に過ごせる週末は、初めて身体を重ねた九月の末以来だったからだ。

月曜の朝まで外に出る必要がないように、と夕方のメールで指示された通り、買いこんだ食材を詰めたスーパーの袋のずっしりとした重みが嬉しく、悠莉は浮かれ気分で灰音が住む三階建ての低層マンションの門を潜《くぐ》った。

常緑樹の茂りが落とす濃い闇《やみ》と外灯の放つ仄《ほの》かな光が溶け合った小道を抜けた先に見えた共

同玄関は、オートロックが解除されており、付き合い始めてすぐに貰《もら》った合鍵《あいかぎ》を使う必要はなかった。

どこかで何かの作業中なのだろうとさほど気にせず、エレベーターで三階へ上がると、通い慣れた東南の角部屋の扉も開いていた。

灰音の帰宅時間は、まだ少し先だ。訝《いぶか》りながらのぞきこんだ広い玄関には数人分のスニーカーに混じり、茶色のほっそりとしたフラットシューズが一足、置かれていた。

その女物の靴《くつ》を見て、灰音の元妻である留美《るみ》が、近日中に荷物を取りに来ると言っていたことを思い出し、悠莉は中に入った。

「あら、先生。こんばんは」

気配に気づいたのか、ゆったりとしたパーカーとスウェットパンツを纏《まと》った留美が、リビングの隣の部屋から華《はな》やかに整った顔を出した。

街中やテレビで毎日、目にする運送業者の作業服姿の者たちが手際よく荷造りをしているそこは、灰音と五年間の仮面夫婦生活を送っていた間、留美が自室として使っていた部屋だった。

挨拶《あいさつ》を返すと、留美が「間に合わなかったわね。あともう少しだったんだけど」と肩を竦《すく》めて苦笑した。

「何が、ですか?」

「紫乃《しの》にね、今日、荷物を取りに行くって連絡したら、夜、先生が来るから、それまでに出て行くように言われてたの。邪魔だから、って。急いで片づけて、退散するわね」

現在は旧姓の「草壁《くさかべ》」に戻っている留美は、民法で定められた再婚禁止期間が過ぎ次第、入籍《にゅうせき》する予定の男性と、灰音との離婚が成立する前から同棲《どうせい》をしていた。

離婚後、自分の名義だったこのマンションを慰謝料《いしゃりょう》として灰音に譲渡《じょうと》していたが、スーツケースひとつに詰められる以外の持ち物は、ここに残したままだった。同棲をしていた狭《せま》い六畳一間のアパートでの「庶民《しょみん》の暮らし」が楽しかったらしく、家族が増えても大丈夫な新居に移ったのがつい先日だったからだ。

灰音のほうも、いずれ引っ越すことだけは決めているものの、多忙のため、とりあえず当面はここでの生活を続ける気らしい。

「そんな、べつに急がなくても。身体に障《さわ》るといけませんし、ゆっくりなさってください」

そう答えてすぐ、悠莉は面映《おもは》ゆくなる。

「――すみません。こんなこと、住人でもない俺が言うのも変ですね」

「変じゃないわ、全然。ここはもう紫乃のものなんだから、先生の家も同然だもの」

揶揄《からか》い混じりの笑みを返され、悠莉は目元がじわりと赤くなった顔を伏せる。

まだ腹部に膨《ふく》らみはないが、留美は来年の初夏に生まれてくる命を宿している。

灰音との婚姻中《こんいんちゅう》に妊娠《にんしん》したため、役所の窓口では灰音の嫡出子《ちゃくしゅつし》としてでなければ出生届が受理されない。そこで一旦《いったん》、灰音の子として届けを出したあとに、子供の戸籍《こせき》を訂正することになるが、それらの法的手続きについても、悠莉は留美から一任されていた。

最初に受けた離婚の依頼ではほとんど何の役にも立たなかったにもかかわらず、留美はどういうわけか悠莉を全面的に信頼してくれている。

仕事を通して何度か会ううちに、灰音と付き合っていることを隠さなくてもいい唯一《ゆいいつ》の相手としての安心感も手伝い、ずいぶん打ちとけた仲になった。そして同時に、灰音との恋人関係を、ますます揶揄われるようにもなってしまった。

「あの、俺も何か手伝いましょうか？」

気恥ずかしくて、視線をうろうろと彷徨《さまよ》わせながら問いかける。

「ありがとう。でも、いいわ。業者さんがいるから。先生は、紫乃のご飯を作らなきゃいけないんでしょ」

それにしてもすごい量ね、と悠莉が両手に提《さ》げたスーパーの袋を見て、留美が小さく笑う。

「週末は毎日、三食全部、先生が作るの？」

「はい、そのつもりですけど」

「じゃあ、紫乃とふたりっきりで巣籠《すご》もりするのね」

なぜか嬉しそうに言うと、留美は悠莉の耳元へ少し背伸びをして顔を寄せ、囁《ささや》いた。

「月曜になったら、先生、紫乃の子供を妊娠してそう」

「――そ、そんなのしません。俺は男ですから」

「男の人でも、先生くらい可愛《かわい》いとしそうだわ」

そんなことありません、と思わず声を高くし、悠莉は台所へ逃げこんだ。

スーツの上着を脱いで灰音が買ってくれたエプロンを纏い、全身に広がった火照《ほて》りを流し落とすように手を洗った。だが、この流し台に立ったまま後ろから貫《つらぬ》かれたのが前回の最後のセックスだったことや、散々乱れたそのあとに、収納戸棚《とだな》の扉《とびら》や床にこぼれ散って乾いた精液を拭《ふ》き取《と》るのに苦労したことを思い出し、よけいに鼓動《こどう》が乱れてしまった。

冷水にしばらく手を晒《さら》し、氷を入れたミネラルウォーターを飲んで、悠莉はようやく落ち着きを取り戻した。

今晩は牡蠣《かき》のパン粉焼きとかぼちゃのポタージュ、海老《えび》とアボカドのサラダを出す。

必要な食材以外を冷蔵庫に入れ、まずはポタージュのほうから取りかかった。

薄くスライスした玉ねぎとかぼちゃを色が変わるまでしばらく炒《いた》め、そこへ作り置きしておいたフォン・ド・ボライユを入れて煮ていると、荷造りを終えたのか、コートを羽織って台所に入ってきた留美が「あら」と瞬《またた》いた。

「先生、駄目よ。紫乃はかぼちゃが大嫌いなんだから」

慌てたようなその口調に、悠莉は首を傾《かし》げた。

「え、そうなんですか？　……でも、今まで何度も出しましたけど、特に何も言ってませんでしたよ、灰音さん」

「何度も？」

「はい。煮物とか天ぷらとかサラダとか色々……。今は北海道産が旬《しゅん》で美味《おい》しいので」

「ねえ、先生。それ、紫乃は毎回、残さずに全部食べてたの？」

「え、ええ……」

いつにない気魄《きはく》を感じる真剣な表情で問われ、当惑しながら浅く頷《うなず》くと、留美は「信じられない」と感嘆《かんたん》めいた声を上げた。

「私が作ったものなんか当然だけど、実家のお義母《かあ》さんの料理でも、かぼちゃだけは絶対、食べないのに」

愛されてるのね、先生って、と留美は長い睫毛《まつげ》に縁取《ふちど》られた眸《ひとみ》を熱っぽく輝かせた。


台所の奥には、百本近いワインが収められている灰音のワインセラーがある。そこから「餞《せん》別《べつ》代わりに貰っていくって伝えておいてね」と留美が数本のボトルを持ち出して一時間ほどが経《た》ち、食事や風呂の支度《したく》を終えた頃、灰音が帰宅した。

「お帰りなさい」

出迎えた玄関でいつものように鞄《かばん》を受け取ると、完璧《かんぺき》に整い過ぎた美貌《びぼう》に宿る、近寄りがたい冷厳《れいげん》さがふいに溶けたように消えた。そして、髪を撫《な》でられながら口づけられる。

「ん……ぁ」

前回は悠莉の仕事の都合で土曜の午後、数時間しか一緒にいられなかった。六日ぶりの口づけだというのに、灰音は悠莉の舌を軽く吸っただけで唇と手を離してしまった。

物足りなさについ抗議の吐息《といき》を漏《も》らすと、灰音は「先に食事にしてくれ。続きはそのあとだ」と薄く笑い、着替えるために寝室へ向かう。

「お風呂のお湯も張ってありますけど、食事が先でいいですか？」

一緒に寝室に入り、灰音の脱いだスーツの上着をハンガーに掛けながら訊《き》く。

「ああ。風呂には、食べてから君と入る」

涼やかな声音が艶《つや》めかしく耳に響き、頬が発火したように熱くなる。

「……あの、灰音さん。今晩は、サンルームで食べませんか？」

たくし上げたエプロンの端を意味もなく弄《いじ》りつつ、悠莉はそう提案してみる。

「サンルーム？」

「はい。たまには月を見ながら食べるのもいいかな、と思って」

「わざわざ月見をするような夜じゃないぞ」

灰音は怪訝《けげん》そうに窓の外を見遣《みや》り、優雅な仕種《しぐさ》でネクタイを緩《ゆる》めて外す。

「でも、綺麗だと思うんですけど……。駄目ですか？」

「いや。君がそうしたいのなら、するといい」

微笑と共に許可を与えられ、悠莉は急いで準備に取りかかった。

三方を大きな窓に囲まれたサンルームは、リビング・ダイニングの南側に隣接している。数鉢《はち》の大型の観葉植物に囲まれた二人掛けのアイアンテーブルに料理を並べたあと、照明をサンルームのフロアランプだけにした。

ステンドグラスの嵌《は》めこまれたアッパー型のシェードから漏れる光が、仄暗い空間の中でテーブルのガラス天板やワイングラスに反射して煌めき、ちょっとした隠れ家《が》レストランのようだ。オーブンから出したばかりの牡蠣のパン粉焼きも、いい具合に焼けていて、香《こう》ばしい香りを立ち昇らせている。

約一月ぶりに三日間を共にできる休日の始まりの食卓としては、なかなかだ。

夜空の藍色を映す窓の飾りとなっている細い銀の月を見上げて頬を緩ませ、エプロンを外していると、呼びに行こうと思っていた灰音が、ジーンズとセーターに着替えて現れた。

「いかがわしい雰囲気《ふんいき》だな」

「……いかがわしいって、こういうのはムードがあるって言うんですよ」

「何にせよ、要は早く私に抱かれたいという意思表示なんだろう?」

灰音の口元に、婀娜《あだ》めいた笑みが浮かぶ。

エリート然としたスーツ姿も魅惑的だが、部屋の中だけで見せてくれるこうした自然体の灰音のほうが悠莉は好きだった。よく研《と》いだ刃物《はもの》を連想させる鋭利《えいり》さの和《やわ》らいだ端整な容貌に見

惚れながら、「違います」とぼんやりと首を振る。

「そんな溶けた砂糖菓子《さとう》みたいな目をして言っても、真実味がまったくないぞ」

腰を抱かれ、キスをしてくれるのかと期待した。それなのに、揶揄《やゆ》するように眉間《みけん》を軽く弾《はじ》かれただけで、募《つの》った不満から悠莉は唇を小さく尖《とが》らせる。

「君の顔は、まるで人間リトマス紙だな。それでよく、弁護士が務まるものだ」

「これでも仕事のときはちゃんと、あ」

灰音が手前の席に座ろうとしたのを見て、悠莉は「灰音さんの席はこっちです」と、反対側の席の椅子を引く。そちらには、じゃがいものポタージュを入れた皿を置いていた。

半分できかけていたかぼちゃのポタージュを無駄にはしたくなかったが、かと言って苦手な食べ物だと知ってしまった以上、それを出す気にもなれなかった。だから、灰音用にもう一品、別のポタージュを作ったのだ。

「留美に何か言われたのか？」

席に着いた灰音は、中身の違うスープ皿を見比べ、察しのいい問いを発した。

「俺、灰音さんがかぼちゃが嫌いだなんて知りませんでした。どうして、教えてくれなかったんですか？」

向かいの椅子の背にエプロンをかけて腰を下ろし、恨《うら》めしさを込めて灰音を見る。

「食べ物の好き嫌いを言うような歳じゃない」

灰音は形のいい眉《まゆ》を微《かす》かに寄せ、ワインのコルクを抜いた。

「でも、苦手なものがあるなら、ちゃんと教えてください。俺は、灰音さんに美味しいと喜んでもらえるものを作りたいんです」

「君の料理を不味《まず》いと思ったことは一度もない」

「かぼちゃでも、ですか？」

「ああ。美味《うま》かった」

「本当に？　我慢して、無理やり食べてたんじゃないんですか？」

「やけに疑り深いな。いったい、留美に何を吹きこまれたんだ？」

灰音は、美しい双眸《そうぼう》を少し不機嫌そうに細めた。

「そんなんじゃないんです。ただ……」

言葉を紡《つむ》いでいるうちに、今まで高揚《こうよう》していた気分が段々と沈《しず》んでゆく。

嫌いなはずのかぼちゃを、灰音は毎回、何も言わずに綺麗に食べてくれた。悠莉はそれを、最初は留美に言われたように愛されているからだと喜んでいた。

だが、よく考えてみれば、とても情けないことだ。

週に一度、あるかないかの貴重な逢瀬《おうせ》は、灰音のマンションで悠莉が作った料理をふたりで食べ、セックスをする――いつもその繰り返しだった。覚えたての拙《つたな》いセックスよりは、料理のほうにずっと自信があった。

それなのに、実際は灰音の食べ物の好みすら把握《はあく》できていなかったのだ。

灰音は食卓でもベッドでも、悠莉によく質問をする。守秘義務のある仕事について以外であれば、自身のことでも家族のことでも、そして性的なことでも、悠莉は聞かれるがままに何でも答えた。

だから、灰音は悠莉を知り尽くしているが、悠莉は灰音という人間をほとんど何も知らない。今までは息をつく間もなく与えられてきた愛情を受け取るだけで精一杯で、気にする余裕などなかったが、食べ物に限らず、灰音の好きなものや嫌いなもの、家族構成すらもわからないのだ。

かなり本格的なミニシアタールームがあるので、映画鑑賞が趣味なのだろうと推測はできるが、この一月の間に灰音に関して増えた知識といえばそれくらいだった。しかも、その部屋には入ったことがないので、どんな映画が好きなのかについては、やはりわからない。

そんなことに今さらながらに気づき、これでは恋人同士というより、ただのセックスフレンドと変わらないように思った。

「……あの、灰音さんの趣味って何ですか？」

「何だ、藪《やぶ》から棒《ぼう》に」

「だって、俺、灰音さんのことをほとんど何も知りません。付き合ってるのに、食べ物の好みも趣味も知らないなんて、変じゃないですか？」

「好きな食べ物は君で、趣味は君とのセックスだ」

ふたり分のグラスにワインを注ぎながら、冗談めかしてそう答えた灰音を、悠莉は睨《にら》んだ。

「真面目《まじめ》に答えてください。俺は、灰音さんのことをちゃんと知りたいんです」

灰音はその訴《うった》えを面白《おもしろ》がるように眉を上げ、そして「駄目だ」と笑った。

「ど、どうしてですか」

あまりにもきっぱりと拒絶され、悠莉は驚いて声を詰まらせる。

「公安幹部の個人情報は、機密事項だからだ」

「そんな……。付き合ってるのに、俺にも秘密なんですか？」

「長期の潜入捜査を行《おこな》っている公安部員には、妻や子供にさえ警察官であることを隠している者もいるぞ」

「……でも、それって、職務上、仕方のないことなんでしょう？　灰音さんの好きな食べ物や趣味を俺が知ったところで、灰音さんの仕事には何の影響もないと思うんですけど」

「君ひとりの中で留まっている分には、な。だが、粗忽《そこつ》な君がうっかり誰かに話したことが、どう利用されるかわからないだろう。どんな些細《ささい》な情報でも、利用のされ方次第では、身の破《は》滅《めつ》に繋《つな》がる危険性がある」

「絶対、誰にも喋《しゃべ》ったりしません」

即座にそう誓《ちか》うと、灰音は頬杖《ほおづえ》をついて悠莉をまじまじと見つめた。

「そこまで言うのなら教えてもいいが、公安関係者の家族構成や趣味嗜好《しこう》は、その筋では高額で売買されている情報だ。得たければ、君もそれに見合った対価を払え」

黒曜石のような眸の奥で底意地の悪い光を閃《ひらめ》かせ、灰音は艶《あで》やかに笑う。

「……対価って、お金じゃないですよね？」

このマンションの他にも、灰音には留美から多額の慰謝料が支払われている。

性的に不道徳な秘密を持つ者同士の、いわば同盟的な偽装《ぎそう》結婚であったことを、世間的にはもちろん、双方《そうほう》の家族に対しても隠し通すために当人たちが話し合って決めたこととはいえ、それはまったく信じがたい額だった。

灰音に言わせれば、「寝とられ夫」の不名誉と嘲笑《ちょうしょう》に甘んじねばならない妥当《だとう》な代償《だいしょう》なのだそうだが、離婚協議書を作成する際、思わず何度もゼロの桁《けた》を確認してしまったほどだ。

世間一般的な慰謝料の域《いき》を遥《はる》かに超えた大金を手にし、しかも自身の出自もいいはずの灰音が、悠莉に小銭《こぜに》をせびるはずがない。

あり得ないことだとわかってはいたが、一応、念のために確かめると、「馬鹿か、君は」と呆《あき》れた声を冷ややかに投げられる。

「じゃあ、何をすればいいんですか？」

悠莉はむっつりと問う。

「服を脱《ぬ》げ」

「……は？」

「君は月を観賞しながら、食事をすればいい。私は月など見てもつまらないから、君の赤毛を愉《たの》しむことにする」

「……しょ、食事は、裸でするものではありません」

「嫌ならべつにかまわないぞ。無理強《じ》いする気はない」

柔らかな笑みを含んだその言葉が、脅《おど》しの裏返しだということは明白だ。

少し逡巡《しゅんじゅん》したあと、完全に遊ばれていると承知の上で悠莉は立ち上がった。

あまり釈然《しゃくぜん》としなかったが、条件を飲まなければ灰音は何も教えてはくれないだろう。

何度も見られた身体だし、どうせ一、二時間のうちに脱ぐつもりだったのだ。そう腹を括《くく》り、悠莉は手早く全裸になって椅子に座り直した。

テーブルとセットの、鉄と木を優美な曲線で組み合わせた椅子は冷たかった。だが、ガラスの天板越しに下肢《かし》に絡みつくあからさまな視線に、肌《はだ》が熱く火照る。

「こ、これでいいですよね？　さっきの質問の答え、教えてください」

羞恥《しゅうち》で眦《まなじり》が潤《うる》むのを感じながら、悠莉は顔を伏せて早口に言う。

「趣味か？　それなら、君とのセックスだ」

先ほどと同じ言葉をさらりと繰り返され、悠莉は眉間に深く皺《しわ》を刻んだ。

「――本当のこと、言ってください」

「本当のことだが？」

「嘘つかないでくださいっ」

「どうして、嘘だと思うんだ？」

まるで悠莉を怒らせて愉しんでいるかのような表情で灰音は艶然《えんぜん》と笑み、ワイングラスを口元へ運ぶ。

「だって、そんなの、趣味って言わないでしょう、普通」

「悠莉、趣味とは何だ？　その定義を言ってみろ」

「——す、好きなこと……」

幼稚な答えだと自分でも思ったが、憤慨《ふんがい》と恥ずかしさでいっぱいの頭からは、そんな言葉しか出てこなかった。

顔を上げれば灰音と目が合い、俯《うつむ》けば露《あら》わになった下半身が視界に入る。どこを見ればいいのかわからなくなって横へ背《そむ》けかけた頤《おとがい》を指で摑《つか》まれ、身を乗り出してきた灰音に唇を軽く啄《つい》ばまれた。

「私が一番好きなことは、君を啼《な》かせて、喘《あえ》がせることだ」

「……でも、寝室の向かいにすごく立派なシアタールームがあるし、灰音さんの趣味って映画鑑賞じゃ……」

「趣味とは、個人が私生活において愛好し、楽しむことだろう？」

出来の悪い生徒を諭《さと》す教師のような口調で灰音は言う。

「映画も嫌いではないが、今はそんなものを観る時間があったら、君と一度でも多くセックスをするほうを選びたい。そして、現に私は今、私生活の大半の時間を君とのセックスに費《つい》やし、それを何よりも愉しんでいる。これを趣味と言わずして、何と言う?」

灰音はかなり性格が歪《ゆが》んでいる。

困惑するほどの優しさと意地の悪さが常に混在しており、恋人になって一月以上が経った今も、悠莉にはその心の内がなかなか理解できない。

こんな屈辱的《くつじょくてき》な条件に従ったにもかかわらず、同じ答えしか返ってこないということは、端《はな》から教える気がまったくないか、あるいは素直に納得しがたいし、あまり嬉しくない気もするけれども、それが真実かのどちらかだろう。

だが、悠莉にはその見極めがつけられない。

前者であれば、これ以上食い下がったところで、得られる収穫などないはずだ。ならば、せめて真実であってほしいと祈りながら、悠莉は恨めしさを込めて灰音を見遣る。

「何だ、その不満そうな顔は」

「……だって、それが本当なら、こんな恥ずかしい格好になった意味、ないじゃないですか」

「自業自得だ。私は最初から本当のことを言っていたのに、それを疑ったのは君自身だ」

灰音は薄く笑ってナイフを手に取り、「だが」と言葉を継ぐ。

そして、真横にしたナイフの背に悠莉の胸の粒《つぶ》を載せ、そのまま根元から軽く持ち上げた。

「——あ、やっ」

自分の乳首が、まるで銀の器の上で食べられるのを待つ熟《う》れた果実のように見え、その淫《みだ》らな妄想《もうそう》に悠莉は軽い眩暈《めまい》を覚えた。

「意味は十分にある。君の身体は私の目を愉しませて、食事をいっそう、美味くする」

引《ひ》っ掻《か》くような上下の動きで、丸い刃先《はさき》が赤く勃《た》ち上《あ》がった尖りを嬲《なぶ》る。

数日ぶりの愛撫《あいぶ》を身体はひどく悦《よろこ》び、下肢の茎《くき》が見る間に芯《しん》を持って凝《こご》ってゆく。

「あ、ぁ……んっ」

切なさに腰を揺らして茎を振ると、そこで戯《たわむ》れはやんでしまう。

「早く食べないと、せっかくの料理が冷めてしまうな」

全身に朱を散らし、腰の奥でうねる熱に苛《さいな》まれながら背を震わせる悠莉のことなど素知らぬ涼しい顔で淡く笑み、灰音は食事を始めた。

優雅な手つきで切り分けた牡蠣を咀嚼《そしゃく》するときも、ワインを飲むときも、満足げな色を湛《たた》えてガラスの天板の下に向けられたままの灰音の眼差《まなざ》しに、劣情《れつじょう》が深く煽《あお》られる。

何とか気を落ちつけようとして、ワインを飲んでみたが、逆効果だった。ほんの少し口をつけただけなのに、一瞬で血流が増加して火照りがよけいにひどくなってしまった。

「——あ、あの……っ、トイレに行ってきてもいいですか？」

赤い叢《くさむら》の間にそそり立つ茎は、愛撫の続きをねだるように先端の小さな口をひくつかせて蜜《みつ》を滲ませている。

裸になるだけならまだしも、こんな浅ましい姿を観察されながら食事をする気になどとてもなれず、悠莉は声を細く震わせた。

「駄目《だめ》だ。食事中にテーブルを立つのは、マナー違反だぞ」

愉しげに笑んで言った灰音に、悠莉は「お願いです」と懇願《こんがん》を重ねる。

「こ、こんなんじゃ……何も食べられません、から……」

「なら、私が食べさせてやろう」

手にしていたワイングラスを置き、灰音は「こっちに来い」と悠莉を呼ぶ。

明らかにそれとわかる雄《おす》の欲情を宿す目を向けられた瞬間、全身に甘い痺《しび》れが走った。

「……でも、ここでは……困ります」

「何がだ？」

「だって、……絶対、汚《よご》してしまいますから」

「あとで始末をすればいい」

「誰が、すると思ってるんですか。せ……精液の掃除って、大変なんですよ。乾くと、なかなか落ちなくて……」

言葉では拒否しながらも、高まる期待で心臓の鼓動が痛いほどに速くなり、後孔《こうこう》が淫らに収縮し始める。

「出さなければ、済むことだ」

灰音はそう無慈悲《むじひ》に言い捨て、「来い」と強い声音でもう一度、悠莉を呼ぶ。

行くべきか否《いな》か、頭で判断するより先に、灰音を欲する身体が勝手に動いた。

おずおずと灰音の膝の上に座ったときに予想した通り、悠莉は食欲と性欲を同時に満たされる甘美な快楽に他愛《たわい》もなく負けた。

そして、翌朝、朝食の支度《したく》をする前に、眩《まぶ》しい朝陽に照らされてくっきりと浮かび上がる自身の痴態《ちたい》の証《あかし》を拭き落とさねばならない羽目になった。それも、その赤面せずにはいられない行為の一部始終を、珈琲《コーヒー》を飲んで寛《くつろ》ぐ灰音に実に興味深げに眺《なが》められながら――。


頽廃的《たいはいてき》なセックスにひたすら溺《おぼ》れた週末を過ごした翌週は、灰音《はいね》が忙しく、予定が何度も変更になり、最終的に会えるのは日曜の午後からとなった。

休日だった土曜日、悠莉《ゆうり》は明日に思いを馳《は》せ、そわそわと自宅アパートでの一日を過ごした。日曜と祝日が定休日の小さな弁当屋を営《いとな》む母親に代わって掃除や洗濯《せんたく》をこなしている間も、本を読んだり、ハードディスクレコーダーに撮り溜《とだ》めていたテレビ番組を見ているときも、気づけば頭の中は灰音のことばかりで、一日中、頬がだらしなく緩《ゆる》みっ放《ぱな》しだった。

「ねぇ。こっちのワンピと、このミニだと、どっちが可愛《かわい》い？」

母親の帰りを待っての少し遅い夕食を家族三人で済ませ、風呂から上がると、妹の鈴《すず》が居間に大量の服を並べていた。

インターナショナルスクールに通う高校一年の妹は、数日前から同じクラスの中国系フランス人の少年と付き合いだした。明日は初めてのデートに行くとはしゃいでいたので、その服を選んでいるのだろう。

「そうねえ。ママはこっちがいいと思うわ」

体格や雰囲気《ふんいき》がよく似ているせいか、遠目であれば、四十を過ぎた今でも鈴と姉妹で通る母親は、アクセントに癖《くせ》のある口調で言って、ワンピースのほうを指差す。

「白は、鈴のストロベリーブロンドによく映《は》えるもの」

背の半《なか》ばまでまっすぐに伸びた赤みの濃い金髪に、青が鮮《あざ》やかな大きな眸《ひとみ》。どんな遺伝子の悪戯《いたずら》なのか、黙っていればまったくの外国人にしか見えない鈴の髪を撫《な》で、母親は優しく笑う。

「あとは、マフラーとブーツを黒にして、コートはちょっと濃い目の……」

言いながら、母親はふと、「あら、でも」と首を小さく傾《かし》げた。

「明日は遊園地に行くんでしょう？　だったら、スカートじゃなくて、ジーンズのほうが動きやすいんじゃない？」

「遊園地はまた今度にして、明日は横浜に映画を観に行くことにしたの。それから、中華街でご飯！　ジル、安くておいしいお店を沢山、知ってるんだって」

「中国系の彼氏にエスコートしてもらうのに、ぴったりのデートコースね」

「うん。あたし、中華街は初めてだから、すごく楽しみ！」

鈴は満面の笑みを浮かべ、タオルで頭を拭《ふ》いていた悠莉に、「お兄ちゃんにもお土産《みやげ》、買ってきてあげるね」と言った。

恋人のできた嬉しさは、十分すぎるほど理解できる。だが、父親代わりの兄としては、いささか複雑な感情を覚えてしまう。悠莉は「俺はいいから、自分の好きなものを買えよ」と小さく苦笑して、冷蔵庫の扉を開けた。

「そう言えば、悠莉は明日、いるの？」

母親に問いかけられ、危うく取り出した牛乳のパックを落としそうになる。

「……午後から出かける」

「帰ってくるの？」

「……こない、と思う」

目元の赤くなった顔を見られないよう、ふたりに背を向け、悠莉はコップに注いだ牛乳で渇《かわ》いた喉を潤《うるお》す。

「じゃあ、明日、ママはひとりなのね。ふたりとも一度に恋人ができちゃって、ママ、ちょっと寂しいわ」

寂しいと溜め息をつきつつも、どこか声が弾《はず》んでいる母親に、鈴が「ママも、そろそろ彼氏を作れば？」と言う。

「ママ、まだ全然イけてるから、すぐ素敵な彼氏ができるよ」

「そう？　じゃあ、募集しちゃおうかしら」

「うん、しちゃいなよ。ママ目当てにお店に来てるお客さんには、お兄ちゃんとあんまり歳の変わらない人も沢山いるし、すっごく若い彼氏ができるかも！」

「あら、楽しみ。今から、お肌《はだ》のお手入れ、うんと張りきらなきゃ」

まんざらでもなさそうな明るいその笑い声に、悠莉は牛乳を噴《ふ》き出《だ》しかける。

「――母さん」

少し噎《む》せながら呼ぶと、「なあに？」と母親は琥珀色《こはくいろ》の目を柔《やわ》らかく細め、小さく首を傾げる。その拍子に、艶《つや》やかな赤褐色《せきかっしょく》の髪が細い肩からさらりと流れ落ちた。

悠莉は父が亡《な》くなる前後の辛《つら》い経験から弁護士を志《こころざ》した。

しかし、それは決して、あのときの自分たち家族と似たような境遇に置かれた社会的弱者の助けになりたいと思ったからではない。万が一にも父と同じように店や財産を騙《だま》しとられるようなことがないように、法の知識で母親を守りたかったから――ただ、それだけだ。

その動機を告げると、大抵の者にはマザコンだと揶揄《からか》われるし、悠莉も自分の中にそうした傾向があることを自覚している。

だが、悠莉が母親に対して抱《いだ》いているのは、あくまでどんな苦労も厭《いと》わず、女手ひとつで育ててくれたことへの感謝の念であり、歪《ゆが》んだ執着心《しゅうちゃくしん》ではない。シェフだった父が亡くなってからのこの七年間、母親は悠莉と鈴のために働き続けてくれたのだ。大黒柱というにはまだほど遠いものの、悠莉にも多少の稼《かせ》ぎができたのだから、これからはもっと自分のために時間を使ってほしいし、せっかくのその美しさを無駄にせず、人生を謳歌《おうか》してもらいたい。

そう願ってはいても、さすがに自分と歳の変わらない恋人や義父は困ると言いかけて、思い留まる。

結婚を機に来日した母親は、片親が日本人であったものの、パリで生まれ育った生粋《きっすい》のパリジェンヌだった。今ではすっかり日本での暮らしに馴染んでいるが、個人と恋愛を重んじるフランス人気質も健在だ。

毎週末、家を空《あ》けるようになった悠莉がどんな相手と付き合っているのか、あれこれ詮索《せんさく》などせず、年頃になっても色めいた気配のまったくなかった不甲斐《ふがい》ない息子にようやく春が来たことを心から喜んでくれている。

その母親に、恋人の性別を正直に告げるべきか否《いな》か、悠莉はまだ決められていない。

いくら恋愛に寛容とは言え、真実を知れば母親は顔を歪めるかもしれない。いずれは真正面から向き合わねばならない問題だと覚悟はしているが、もうしばらくは面倒なことは避け、灰音との恋だけに浸《ひた》っていたかった。

そんな自分勝手な理由から隠し事をしている自分に、母親の生き方に口を出す権利などあるはずがない。

「……母さんは、今のままで十分、若く見えるし、綺麗《きれい》だよ」

母親は驚いたように目を丸くしたあと、「ありがとう」と口元を綻《ほころ》ばせた。

「でも、悠莉にお世辞を言ってもらえるなんて、びっくりだわ。貴方《あなた》も大人になったのね」

「お世辞なんかじゃないよ」

そう答えると、今度は鈴が「ねえ、ねえ。お兄ちゃんは明日、どこへデートに行くの?」と尋ねてきた。

「……え、どこって……、べつにいいだろ、どこだって」

今まで、悠莉にとって重要だったのは、灰音と会うことだった。

だから、灰音のマンションでふたりきりで過ごす休日に不満などなく、むしろ特別扱《あつか》いをされている満足感に浸っていた。

しかし、人目を忍び、健全な高校生には口が裂けても教えられない淫《みだ》らな行為に耽《ふけ》っているその逢瀬《おうせ》は、客観的に見れば、デートというよりも、密会と表現したほうが適切だ。そして、そう考えるならば、悠莉は世間一般的なデートをまだ一度も経験していないことになる。

今、改めてそのことに気づいて鈴が羨《うらや》ましくなると同時に、八つも年下の妹に嫉妬《しっと》する自分を情けなくも思い、態度が妙にぎこちなくなってしまった。

「大人のデートってどんなのか、気になるんだもん。ね、普段、ふたりでどんな所へ行くの？」

母親とは対照的に、鈴は好奇心を露《あら》わにした眼差《まなざ》しを向けてくる。

「て言うか、お兄ちゃんの彼女っていくつ？　何してる人？　美人？　もしかして、ママに似てる？」

次々に投げかけられる問いをしどろもどろになりながらごまかし、自分の部屋へ逃げこむと、携帯電話がメールの着信を報《しら》せるランプを点滅《てんめつ》させていた。

この二時間ほどの間に、四通のメールが届いていた。三通は迷惑メールだったが、もう一通は灰音からで、悠莉は慌てて件名のないそのメールを開いた。

——明日は二時頃に帰宅する。昼はいい。夜はこれを作ってくれ。

そんなメッセージと共に、最後の行にウェブサイトのアドレスが貼《は》りつけられていた。灰音から、食事のメニューについて具体的なリクエストをされたのは初めてだ。いそいそとウェブサイトを開いてみると、そこには今まで見たことも聞いたこともない、「うどん餃子《ぎょうざ》」なる奇妙な食べ物のレシピと写真が載せられていた。

うどん餃子という名前にもかかわらず、うどんにも餃子にも見えず、どちらかと言うとお好み焼きのような形態をしたそれは、大阪のある特定の地域でのみ食されている家庭料理らしい。美味《おい》しそうだが、いわゆるB級グルメのようで、いったい何が灰音の興味を惹《ひ》いたのか不思議に思いながら、悠莉はふとあることを思いつく。

——明日のこと、了解しました。初めて知りましたけど、美味しそうですね、うどん餃子。ところで、俺も灰音さんにお願いがあるんですが、いいですか？

そう返信すると、五分ほどして「職務中だ。話は明日聞く」と短い言葉が返ってきた。

業務連絡めいたそっけなさだったが、灰音からのメールはいつもこんなものだ。特に気にせず、明日を待ちわびる気持ちを強くしながら、悠莉は携帯電話を折《お》り畳《たた》んだ。


「最後の晩餐《ばんさん》、ですか？」

少量のブランデーを垂《た》らし、香りを濃くした紅茶を帰宅したばかりの灰音の前に置き、悠莉は目を瞬《しばたた》かせた。

昨日、灰音はたまたま庁舎である知人と数年ぶりに顔を合わせ、一緒に昼食を食べたそうだ。そして、食事の最中に「最後の晩餐に何を食べたいか」という話題になり、「うどん餃子」と故郷の名物を挙《あ》げたその知人に「世界一美味《うま》い」と力説され、それを確かめてみたくなったらしい。

「ああ。君なら何を選ぶ？」

問いながら、灰音は脱いだスーツの上着を隣の一人掛け用のソファに放り投げた。

「そうですね……。もしも、という仮定の話なら、父の作ったレモンタルトです」

言って、ソファに投げ出された上着を片づけようとしたが、いきなり腰を抱かれ、身体を引き寄せられた。

灰音の整った顔がすぐ眼前に近づき、心拍数が一気に跳ね上がる。

「今、実際に食べられるものの中から選べば、何だ？」

「え、えぇと、母のチョコレート・ババロワです、ね……」

この先、何度身体を重ねても、灰音の芸術品めいた完璧《かんぺき》な美しさにはきっといつまでも慣れない気がする。

少し距離があればついつい見惚《みと》れてしまうが、突然近寄られると、胸がひどくざわつき、直視ができなくなってしまうのだから。

耳の奥でうるさく響く鼓動《こどう》を感じながら、目を泳がせ気味に言うと、灰音は「君らしいな」と淡く笑った。

「……何だか、馬鹿にされてる気がするんですが。子供っぽいとか、マザコンだとかって」

「それは、被害妄想《もうそう》というものだ」

明らかに揶揄《やゆ》する口調で言って、灰音は悠莉の唇を啄《つい》ばみ始《はじ》めた。角度や場所を変え、何度も繰り返された小さな口づけがやんだあと、悠莉はうっとりと灰音の胸にもたれかかった。

キスの気持ちよさと、鼻孔《びこう》をくすぐるブランデーの香りだけで酔《よ》ってしまったのかもしれない。

小春日和《びより》の陽光が柔らかく広がる明るい部屋の中で、明日の朝までの短い時間の間に、何度、愛してもらえるだろうか、と隠微《いんび》な考えが脳裏《のうり》に浮かんだ。

「……灰音さんは、何が食べたいんですか？」

「君だ」

緩くうねる悠莉の髪の毛を指に巻きつけながら、灰音は笑う。

「もう。どうして、灰音さんって、いつも俺の質問を適当にはぐらかすんですか？」

「はぐらかしてなどいない。私は死ぬ前には、君と最後のセックスを愉《たの》しみたい」

柔らかな笑みを含《ふく》んだ優しい声音の下の本心は、やはり悠莉にはわからない。

だが、少しばかりの拗《す》ねた気持ちなど、甘いキスひとつで、すぐに溶かされる。

「……ん。だけど、それってちょっと無理だと思うんですけど」

離れてゆく唇を見遣《みや》って首を傾げると、灰音もまた訝《いぶか》しそうな表情になる。

「どうしてだ？」

「だって、いくつになってるのかはわかりませんけど、その頃、灰音さんも俺も、きっと相当のお爺《じい》ちゃんですよ？　多分もう、そういう機能はなくなって――」

灰音の肩が小刻みに揺れているのに気づき、悠莉は言葉を区切る。

「……俺、何か変なこと言いましたか？」

細めた目に笑いを滲《にじ》ませながら、灰音は「いや」と答える。

「説明が足りなかったな。最後の晩餐は、二年後を想定しての話だ」

「二年後？」

「ああ。その知人には、オカルト好きの小学生の息子がいて、二〇一二年に地球が滅亡するとかいうマヤの終末論を信じこんでいるそうだ。どうせ世界が終わるなら、勉強しても意味がないから中学受験をやめると言い出して、手を焼いているとかで、その愚痴《ぐち》を聞かされているうちに、そういう話になったんだ」

「――さ、先にそれを言ってくださいっ」

笑われた理由を理解した瞬間、顔から朱が滴《したた》った。

紛《まぎ》らわしい言葉に誤解を誘われたとは言え、まだたった一月付き合っただけなのに、悠莉は図々《ずうずう》しくも、何十年後かに灰音が迎えるだろう死の間際に、当然のようにそのそばに寄り添う自分の姿を思い描いてしまっていた。

「未《いま》だに、好きだの一言も言えないくせに、私と一生を共にする気なのか？」

「……すみません」

今すぐ、この場から消えてしまいたいと思いながら、か細い声で詫《わ》びると、真っ赤に染まった頰を優しく撫でられた。

「君は本当に揶揄い甲斐があるな。死ぬまで退屈しないで済みそうだ」

灰音の口からさらりと漏《も》れた「死ぬまで」という言葉が頭の中で大きく反響し、悠莉は目を見開く。

「——あの、それってどういう意味ですか?」

灰音も自分と同じ思いでいてくれたのだろうか、と舞い上がりかけたが、喜ぶ前に今度は慎《しん》重《ちょう》に確かめてみた。

「私に『愛している』と言えたら、教えてやろう」

「……ぁ……」

最初の一文字を小さく口にしただけで、猛烈な羞恥心《しゅうちしん》が込み上げてきて、喉が焼けつく。

自分でもなぜ、こんなにも大きな抵抗感を覚えてしまうのかわからないが、恥ずかしくてたまらないのだ。面と向かっての愛の告白など、到底できそうにない。

けれども、灰音の答えを聞きたい。

どうしよう、と焦《あせ》りばかりが膨《ふく》らむうちに、額や首筋に汗が浮き出てきた。

「まったく。脂汗《あぶらあせ》を流して固まるほど、困るようなことか?」

少し呆《あき》れたように目を細め、灰音は「まあ、いい」と息をつく。

「気長に待つから、私が生きているうちに、せめて一度は聞かせてくれ」

答えをくれたも同然のその言葉が、嬉しかった。

灰音の肩に顔を寄せて「努力します」と小さく返すと、シャツの上から乳首を捏《こ》ねられた。

「──んっ」

息が詰まって跳ねた腰に灰音の手が移り、ジーンズの布ごと茎《くき》を握《にぎ》りこまれる。

「ちょ、ちょっと待ってください。俺、話が……、灰音さんにお願いがあるんです」

「何だ？　私の身上調査の続きか？」

とても意地の悪い、だが見入らずにはいられない優美な笑みを浮かべ、灰音は悠莉の顎《あご》を指先で持ち上げて問う。

先週末の三日間、悠莉は灰音の求める痴態《ちたい》に全て応じた。

それなのに、結局、灰音が悠莉とのセックスをかなり気に入っているらしいこと以外、真実だと確信できるような情報は何も与えてもらえなかった。

知りたい気持ちは今ももちろんあるが、どんな卑猥《ひわい》な要求を飲んだところで、結果は同じだろう。きっと、いいように弄《もてあそ》ばれるだけだ。それを承知の上で質問を繰り返すのは、まるで自ら凌 辱《りょうじょく》をねだっているようで、躊躇《ためら》われた。

それに、これから先、長く一緒にいられるのなら、自《おの》ずと色々判明することもあるだろうし、留美《るみ》に聞くという最終手段も残っている。

「いえ、そうじゃなくて……」

言いながら悠莉は居住まいを正し、「灰音さんとデートに行きたいです」と告げた。

「どこへ？」

そう訊《き》かれ、悠莉は返答に詰まった。

鈴の浮かれぶりに触発されての思いつきに、具体的な案などなかったからだ。

しかも、恋愛経験のない悠莉の想像力は貧困で、「デート」と言えば、「遊園地・映画・食事」ていどのことしか考えられず、最初に思い浮かんだ「遊園地」という言葉を何気なく口にした瞬間、灰音の眼差しが白々と凍《い》てついた。

「悠莉。私は君に出会って、日々『馬鹿な子ほど可愛い』という言葉の意味を噛《か》みしめているが、度を過ぎた愚《おろ》かさは考えものだぞ」

「……い、今のは、ちょっと間違えたんです。本当は、映画って言いたかったんです」

「映画館のような、どこの誰ともわからない人間が密集する場所は好きじゃない」

まったく興味を示してくれない灰音に、悠莉は「じゃあ、食事は？」と食い下がる。

「君と一緒にいるときは、君の料理しか食べたくない」

そんな断言で最後の案も一蹴《いっしゅう》される。悠莉は嬉しいような、悲しいような複雑な気持ちを抱《かか》え、どんなデートなら灰音に頷いてもらえるだろう、と懸命《けんめい》に考えた。

「——あ、ドライブは？」

「君は車の免許を持ってるのか？」

「いえ……」

「なら、無理だな」

「え、灰音さんも免許、ないんですか？」

「警察官が持ってないわけないだろう。立場上、今は運転ができない」

そう言われて、上級職に就く公務員、とりわけ司法関係者には、交通事故の加害者にならないよう、公務中はもちろん、私生活においても車の運転を避ける慣習があることを思い出す。

「……灰音さんは、どんなデートならしてくれるんですか？」

「今、ここでしているだろう。デートは何も、外でするものだと決まっているわけじゃない」

「それはそうですけど、でも、こういう関係って、何だかちょっと愛人っぽい気がするんです。だから、恋人同士が普通にするデートがしたいです」

「どうも君の思考回路は少女趣味的傾向が強いようだが、私にそういうものへの同調を求めても無駄だぞ。私は、セックスに至る過程を重要視するような男ではないからな」

悠莉の髪を梳《す》きながら、灰音は穏やかな声で諭《さと》すように言う。

「それが不満なら、私と別れて、君のロマンチシズムを理解してくれる者を探すことだ」

「――い、嫌です、そんなの」

デートはしたいが、相手が灰音でなければ何の意味もない。

咄嗟《とっさ》に叫んで強く振った頭を、灰音の腕に優しく抱きこまれる。

「だったら、この話はここまでにして、そろそろさっきの続きをしないか？」

耳元の囁《ささや》きに頷きを返すと、ソファの上に身体を押し倒され、下肢《かし》からジーンズと下着が引き抜かれた。そして、灰音の手に導かれるままに、剝《む》き出《だ》しになった脚の片方をソファの背に掛け、もう一方を床側に落とす。

「陽の光を当てると、一段と鮮やかなチェリー・レッドだな」

灰音は時々、悠莉の陰毛の濃い赤を「チェリー・レッド」と表現する。

そんな名の色があることは、灰音に教えられて初めて知った。

色図鑑で調べ、見比べてみて、確かにカメリアやスカーレットよりは、チェリー・レッドふうの色合いだと一応の納得はしたものの、どうにも童貞《どうてい》であることを揶揄われている気がしてならない。

「その色の名前、あんまり好きじゃ――んっ」

脚の間に身を屈《かが》めた灰音に赤の淡い翳《かげ》りを撫でられ、上げかけた抗議の言葉が切ない吐息《といき》に溶ける。

すぐにも与えられるだろうめくるめく悦《よろこ》びの嵐に備え、悠莉は目を閉じた。だが、灰音の指は赤い叢《くさむら》を柔らかく弄《いじ》るばかりで、他の場所へなかなか移動してくれない。

「――は、灰音さん、や……」

「悠莉。欲しいなら、教えた通りにねだれ」

居丈高《いたけだか》な命令が、身体の奥深くから甘い痺《しび》れを引《ひ》き摺《ず》り出《だ》す。

快楽を求める欲望が恥じらいを押しのけて沸《わ》き起《お》こり、悠莉は会陰《えいん》を大きく開き、蕾《つぼみ》の入り口を指で押し広げた。

「ここに、灰音さんが……欲しいです……」

はしたなく愛を乞《こ》う自分の淫乱《いんらん》さに興奮し、気づけば触れられてもいない茎《くき》が下腹部に付くほどに反《そ》り返《かえ》っていた。

「私の何が、だ？」

まだ崩《くず》れてはいない理性がその答えを躊躇ったときだった。テーブルの上で灰音の携帯電話が耳障《みみざわ》りな電子音を響かせた。

「そのまま待っていろ」

そう命じる言葉を残し、灰音は携帯電話を持ってリビングを出て行ってしまった。

言われた通り、脚を開いたままの格好でしばらく待っていたが、時間が経《た》つにつれて自分のその姿が段々と間抜けに思えてきて、悠莉はソファに座り直した。

硬く勃《た》ち上《あ》がってしまっている茎を持て余し、二分ほど腰をもじつかせていると灰音が戻ってきた。

「仕事が入った」

短く告げて、灰音は先ほど脱いだスーツの上着に袖《そで》を通し、出かける準備を始める。

「……帰り、遅くなるんですか？」

「いや、今日はもう帰ってこられない。それから、しばらく連絡が取れなくなる」

「しばらく、ってどのくらいですか？」

「今の時点では何とも言えないが、長くかかれば十二月を過ぎる可能性もある」

「……え。じゃあ、一月以上も会えないかもしれないんですか？」

そうだ、と灰音は素《そ》っ気《け》なく答える。

「このまま泊まりたければ、そうしろ。君の下半身とうどん餃子は、適当に処分してくれ」

淡々と指示めいた言葉を放つ灰音の顔は警察官僚のそれになっており、その頭の中にはもう悠莉のことなどないように見えた。

自分よりも仕事が大事なのか、とそんな愚かなことを口にするつもりはないが、灰音のせいで硬く勃ち上がった性器をうどん餃子と同列のもののように扱われ、腹が立つのを通り越して少し悲しくなった。

口を開くと聞き分けのない恨《うら》み事《ごと》を漏らしてしまいそうで、返事をせずに黙っていると、ふいに甘さの宿った声で「悠莉」と呼ばれた。

「次は、君の精巣《せいそう》が空《から》になるまで可愛がってやる。だから、いい子で待っていろ」

灰音が薄く漏らした笑みに、萎《な》えそうになっていた性器がまた強く疼《うず》き始《はじ》めたのを感じながら、悠莉はこくりと頷いた。

「椿原《つばきはら》さん」

学科教習の授業を終え、欠伸《あくび》を噛《か》み殺《ころ》しながら教室を出てすぐ、独特の掠《かす》れた響きのある女の声に呼び止められた。

振り向くと、脇《わき》に教本を抱《かか》えた学科指導員の辰見《たつみ》に、「ちょっと」と手招きをされ、眠気で澱《よど》んでいた意識が一気に覚醒《かくせい》する。

「……はい」

悠莉《ゆうり》は背を緊張させ、おそるおそる辰見の前に立つ。

「さっきの授業中、貴方《あなた》の頭が何だかぐらついていたような気がしたんだけど、私の目の錯覚《さっかく》かしら？」

「……いえ。一瞬だけ、ちょっとウトウトと……。今日は仕事が忙しくて、疲れていたので……。あの、でも、本当に一瞬だけのことで、先生の話はちゃんと」

「椿原さん」

辰見の静かな声が、弁明の言葉を遮《さえぎ》る。

皮膚《ひふ》が奇妙につるんとした年齢不詳《ねんれいふしょう》の顔の口元には、穏やかそうな笑みが湛《たた》えられている。

だが、その細い目に浮かぶ光はひどく冷ややかだった。

「夜間コースの生徒さんは皆、仕事や学校のあとにここへ通ってきていますから、貴方と同じように疲れた状態で授業を受けています。でも、毎回毎回、うつらうつらしているのは、貴方ひとりだけですよ」

「……すみません。以後、気をつけます」

「その台詞《セリフ》を聞かされるの、何度目かしら？」

目だけで冷えついた怒りを露《あら》わにする笑顔が怖く、悠莉は頬を引《ひ》き攣《つ》らせる。

「弁護士の貴方にとっては、私の授業など聞くに値《あたい》しないのでしょうけど、当たり前に知っていることばかりだからといって、疎《おろそ》かにしていいと思うのは大きな間違いです」

決してそんなふうに考えたことはない、と否定しようとしたが、辰見は口を挟《はさ》む間を与えてくれなかった。

「そうやって軽微《けいび》なことを蔑《ないがし》ろにし、油断する心が悲惨《ひさん》な事故を生むんですよ。貴方は、自分が免許を取ろうとしている車が、操作方法を少しでも誤れば、殺人マシンになるということをちゃんと理解しているんですか？」

「はい。それはもちろん……」

頷《うなず》いた悠莉を、辰見は疑わしげに見て言葉を続ける。

「授業中に私語や居眠りをしたり、携帯を鳴らしたりすれば即退場、が本校の方針ですが、教習所もサービス業ですから、私は一度目は注意に留《とど》めることにしています。貴方は、一度注意をしたあとにもしつこく寝続けるというような悪質なことはしませんから、今まで大目に見てきましたが、さすがにこう毎回では、真面目《まじめ》に受講する意思がないと見なさざるを得ません。

今後は規則通り、即退場してもらいますから、そのつもりでいてくださいね。その場合、もちろんハンコは押しませんから」

強い口調でそう宣言すると、辰見は悠莉の返事も聞かずに背を向け、立ち去った。

刺々《とげとげ》しい叱責《しっせき》から解放された安堵感《あんどかん》よりも、計画通りに教習所を卒業できるだろうかという不安から、細く息が漏《も》れた。

悠莉が免許を取得しようと思い立ったのは、ひとりで灰音《はいね》のマンションに泊まった十日前のことだ。

手洗いキャビネットまで備え付けられた、落ち着かない広さのトイレで灰音を想って下肢《かし》の熱を放ったあと、ぼんやりと見ていたテレビで「最短なら、一月で免許が取れちゃいます！」と謳《うた》うある教習所のCMを目にしたことがきっかけだった。気になって調べてみると、大抵どこの教習所でも、夜間と土日を利用して毎日通えば一月ほどで免許が取れることがわかった。

出してみたデート案の中で一番感触がよかったのだから、自分が免許を取りさえすれば、灰音もドライブデートに応じてくれるだろう。それに、教習所通いの忙しさで、灰音と会えない寂しさが少しは紛《まぎ》れるかもしれない。

そう思うと居ても立ってもいられず、翌日、大伴《おおとも》を一日がかりで説得して十二月のボーナスの一部を前借りし、しばらくの間は定時に帰る許可を貰《もら》った。そして、その足で事務所から一番近い教習所へ入校を申しこみに行ったのだ。

定時上がりの約束をちゃんと守ってもらえるか心配だったが、大伴は意外に協力的で、今のところは毎日、順調に教習を受けることができている。

唯一《ゆいいつ》の問題は、学科教習が死ぬほど眠い、ということだ。

眠くなるのは、授業が退屈《たいくつ》だからではない。夜間の学科教習をほぼ毎回担当している辰見の、少し鼻にかかった特徴的《とくちょうてき》な声がなぜかやけに心地よく、じっと椅子に座って耳にしていると、まるでアルファ波を誘導されたかのような強い眠気に襲われるのだ。

入校説明を受けた際、居眠りをすれば教習簿に押印《おういん》してもらえないこともある、と聞いていたので、いつも睡魔《すいま》とは必死に戦っている。だが、今日のように大伴にこき使われた日には、ついつい微睡《まどろ》んでしまう。今まで、居眠りを注意されても押印を拒否されたことがなかったため、ハンコを押さない、というのはきっと単なる脅《おど》しだろうと安心していたからだ。

けれども、先ほどの辰見は本気に見えた。

ラウンジで珈琲《コーヒー》を飲んで休憩《きゅうけい》しながら、計画通り一月で卒業するためにも、本気で睡魔撃退法を考えようと決意して、悠莉は実車教習を受ける所内コースへ向かった。

「椿原さん、また絞《しぼ》られたでしょ」

教習車へ乗りこむと、指導員の日野《ひの》に笑い和《なご》んだ声を向けられた。

日野は三十をいくつか過ぎたくらいだろう。指導方法の的確さと少し砕《くだ》けた物腰が若い生徒の人気を集めており、悠莉も実車教習では可能な限り日野を指名していた。

「え？」

「辰見センセ、さっき指導員室でプリプリしてたからさ。君が今日も寝てた、って」

「あ……、すみません」

「や、俺に謝る必要はないけどさー」

助手席のシートベルトを締めて、日野は笑う。

「辰見先生はハンコ押さないって言ったら、本当に押さない人だから、次からはちょっと気をつけたほうがいいね。椿原さんのその頭だと、舟漕《こ》いだらすぐわかっちゃうし」

はい、と項垂《うなだ》れながら、悠莉は自分もシートベルトを締める。

「椿原さん、確か弁護士さんだよねえ。仕事が忙しいなら、疲れてる夜に無理して通ってくるよりも、卒業までの期間は長くなるけど、土日に教習を受けるほうがいいんじゃない？」

「多分、そうなんでしょうけど、でも、どうしても早く免許が欲しいんです」

「へえ。もしかして、彼女とクリスマスにどこかへ行く約束でもしたの？」

「そ、そんなんじゃ、ない、です」

最近気づいたことだが、今年のクリスマス・イブはちょうど金曜日だ。

灰音との休みが上手《うま》く合えば、ちょっとした旅行ができるかもしれない、と密《ひそ》かに期待をしているが、今のところそれはまだ、悠莉が勝手に抱《いだ》いている野望に過ぎない。

そして、そもそも灰音は「彼女」ではないのだから、日野の質問を肯定《こうてい》すれば嘘になる。

だが、灰音の顔が思い浮かんで声が変に上擦《うわず》ってしまったせいか、「そんなに照れなくてもいいのに」と日野は自分の推理の正しさを確信したように笑った。

十一月が最後の週を迎えた頃、灰音から連絡が来るようになった。

本当はすぐにでも会いに行きたかったが、一日でも早く免許を取得するために、その週と翌週の誘いを断った。

灰音を驚かせたかったので、仕事が忙しいふりを装って、教習所に通っていることは黙っていた。そして、電話にも敢《あ》えて出ず、返事は全てメールでした。声を聞けば恋《こい》しさが募《つの》り、教習よりも灰音に会うことを優先してしまいそうだったからだ。

何度か交わしたメールで十二月の灰音の予定をそれとなく確かめ、今の時点ではどの週末も空《あ》いているとわかると、俄然《がぜん》、クリスマス旅行の夢が膨《ふく》らんだ。

クリスマス・イブにはあらゆる場所が混雑するというていどの常識くらいは、恋愛経験のまったくない悠莉でももちろん持ち合わせていた。だが、イブに東京の近場でそれなりのホテルや温泉旅館に泊まるためには、かなり前もっての予約が必要なのだとは知らなかった。

そのことに気づいたのは、メントール系の軟膏《なんこう》を鼻や指に塗《ぬ》りたくって睡魔と格闘《かくとう》しながら、何とか計画通りに教習所を卒業し、実際に宿泊場所を探し始めてからだ。

自分から旅行に行こうと言い出すからには、灰音の財布を当てにはしたくなかった。

前借りした教習費用分は引かれているが、それでもちょっとした贅沢《ぜいたく》をするには十分な額のボーナスが支給される。だから、灰音にも満足してもらえる宿泊場所を選ぼうと意気ごんでいた。

それなのに、どこに問い合わせても、満室だと断わられてばかりだった。

仕方なく、クリスマス旅行は諦《あきら》めて初心に返り、悠莉はここ二日ほど、ドライブデートの計画を練ることに没頭《ぼっとう》していた。

灰音が車を持っているのかは知らなかったし、それを確かめると計画に勘《かん》づかれるかもしれなかったので、レンタカーを借りるつもりだった。しかし、免許を取り立ての初心者に貸してくれる店舗《てんぽ》がなかなかなく、結局母親の車を使わせてもらうことにした。

母親の車は古い軽自動車なので、灰音は眉をひそめるだろうが、甘えて頼めば、きっと文句を言いながらも乗ってくれるだろう。

そして、どこか静かで、景色の綺麗《きれい》な場所へ行けば、機嫌をよくしてくれるに違いない。

そんな妄想《もうそう》を膨らませるだけでも、悠莉は楽しくてならなかった。

「——原っ。おい、椿原っ！　テメェ、目ぇ開けたまま寝てんのかっ！」

昼食を買いに行ったコンビニで、クリスマス・デートの特集が組まれた情報雑誌を見つけ、それを食事をするのも忘れて読みふけっていると、突然、乱暴に引っ張られた耳元で大伴の怒声が轟《とどろ》いた。

「い、痛っ、痛いです、所長」

「痛いですぅ、じゃねえんだよっ。何回呼んだら返事をするんだ、このオレンジボンバーが！頭と目だけじゃなくて、耳まで悪くなったのか、あぁ？」

大伴は野太い声を響かせて怒鳴り、悠莉の手から雑誌を取り上げる。

「『クリスマス・デート成功術』だぁ？　ケツに卵の殻《から》くっつけて、ピヨピヨ鳴いてるだけの能なしのくせに、生意気に色気づいてんじゃねえぞ、コラ！」

黒の高級スーツに包まれた威圧的《いあってき》なその長身同様、どこのヤクザかと思う口調で凄《すご》まれて頭を叩《はた》かれ、ゴミでも捨てるかのように雑誌を机の上へ放り投げられる。

大伴の下での勤務も三ヵ月を過ぎ、他の職場ではあり得ないだろうこのパワーハラスメント的な扱《あつか》いにも、もう大分《だいぶん》慣れた。以前はその粗暴さにただ怯《おび》えるだけだったが、今では「俺の髪は少し癖毛《くせげ》なだけで、ボンバーヘッドではありません」くらいの正当な主張はする。

しかし、今日は、初めてのボーナス日だ。

その上、明日の土曜の夜には、一月半も会えなかった灰音のマンションへようやく行けるだけでなく、四日前に取ったばかりの免許証を見せ、ドライブデートに誘うことができるのだ。

そんないくつもの喜びが重なり、幸せでならない今日の悠莉は、理不尽《りふじん》な誹《そし》りや暴力も広い心で受け流せてしまう。

「すみません。何かご用でしたか？」

殊勝《しゅしょう》な態度で詫《わ》びると、大伴は「急用ができた。出かけてくる」と言った。

「どちらへですか？」

「鹿児島《かごしま》。帰りは日曜になる」

「わかりました。駅か空港までお送りしますか？」

免許を取った翌日から早速、悠莉は運転手として使われており、事務所の車で何度か大伴の送り迎えをしていた。

仕事で大伴の運転手を務めることは、悠莉が思い描く「ドライブ」とは厳密《げんみつ》な意味では異なっているとはいえ、やはり初めてふたりきりで車に乗る相手は灰音がよかったと思う。だが、「免許を取ったら、必ず所長のお役に立ちますから」と頼みこんで教習所通いを許してもらった手前、運転しろと命じられて断ることなどできるはずもなかった。

「いや、今日はいい」

そう答えながら、大伴は悠莉の机の上に事務所の鍵《かぎ》を置く。

「客が来なけりゃ、五時になったら閉めていい。何かあったら、勝手な判断はせずに、すぐに携帯に電話しろ。鍵は月曜に返せ」

留守番なら毎日のようにしているが、鍵を預けられたことは今まで一度もなかった。

わずか四時間ほどとは言え、事務所を全面的に任せてもいいと認められるくらいには成長したのだろうか。そう思って嬉しくなり、幾分《いくぶん》高くなった声で返事をして頷く。すると、今度は「ほれ」と厚みのある賞与袋と賃金《ちんぎん》受領確認書を渡される。

「女に貢《みつ》ぐのもほどほどにしとけよ」

大伴の勘違いを正したりはせず、悠莉は「ありがとうございます」と礼を言う。

悠莉を恩師に押しつけられるまで、大伴法律事務所の従業員は経営者でもある大伴だけだった。通常、このような零細《れいさい》事務所の経営事情は厳《きび》しいものだ。

だから、悠莉は働き始めた直後はここもそうなのだろうと考えていたが、その思いこみの誤りに気づくのにさほど時間はかからなかった。

独立する以前、都内でも有数の大手事務所で二十代にして稼《かせ》ぎ頭《がしら》のひとりとなり、その怪腕ぶりを法曹界《ほうそうかい》に知らしめた大伴の顧客は富裕層が中心だ。

開業当初は多少苦労もあったようだが、現在は不況などどこ吹く風の収益を上げている。にもかかわらず、未《いま》だに事務員のひとりも雇《やと》わず、親族からタダ同然で借りている今にも崩《くず》れ落《お》ちそうな古いビルを事務所兼住居としているのは、大伴が度を超した吝嗇家《りんしょくか》だからだ。

給料や賞与が手渡しなのも、数百円の振込手数料を惜しむがゆえだった。

記載された額を見て、頬の筋肉がまたさらに緩《ゆる》みそうになるのを懸命《けんめい》に堪《こら》え、悠莉は確認書に印鑑を押して大伴に返す。

「言われなくてもわかってるだろうが、その金はさっさと銀行に預けてこいよ。落としただの、ひったくられただの泣きついてきても、二度はやらねえからな」

子供にするような注意を言い置いて大伴が出かけたあとは、ごく平穏に時間が過ぎた。

何件かの顧客からの電話に対応し、月曜に提出するように命じられている判例調べの資料の作成を済ませると、もう五時が近くなっていた。

浮かれるあまり、つい鼻歌を歌いながら帰宅準備をしていたとき、ふいに事務所の扉が開き、

「すみません」と女の声がした。

「はい。ご依頼のご相談でしょうか？」

愛想《あいそ》よく問いかけた悠莉に、女は意志の強そうな黒目がちの目をまっすぐに向け、「ええ」と答える。

二十代の半《なか》ばだろうか。手足の長いほっそりとした体軀《たいく》に上品な色のコートを纏《まと》い、身なりがとてもいい。服装だけでなく、陶器のような白い肌《はだ》はもちろん、長い黒髪や爪《つめ》も美しく手入れされて艶《つや》めいており、一目で大伴好みの富裕層の人間だとわかる。

「相里屋《あいさとや》の専務さんに、こちらにいい弁護士の先生がいらっしゃるとご紹介いただいたんだけど、お願いできるかしら」

相里屋は青山に本店を置き、都内に数店もの支店を構える一族経営の文房具店で、大伴が顧問弁護士を務めている。

何度か使いに行かされたので、社長の甥《おい》のまだ若い三十代の専務とも面識があり、髪の毛の

色や緩いうねり具合が愛犬とそっくりだという理由でやたらと気に入られてはいるものの、女が紹介された「いい弁護士の先生」が悠莉のことであるはずがない。

「申し訳ありません。生憎《あいにく》、所長の大伴は本日は出張で留守にしております。月曜以降でご予約をお取りいただくか、お急ぎでしたら、私でよろしければ、これからお話をお伺《うかが》いいたしますが」

「……もしかして、貴方も弁護士さん？」

「はい。椿原と申します」

女は戸惑《とまど》ったように大きな眸《ひとみ》を揺らしたあと、「ごめんなさい、月曜にするわ」と首を振った。

「何時に来ればいいかしら？」

「少々お待ちください」

予想していた答えではあったがいささか気落ちしながら、悠莉はパソコンの予約ファイルを開く。

「月曜ですと、午後一時からしか空いておりませんが……」

「かまわないわ、それで」

長辻《ながつじ》響子《きょうこ》と名乗ったその女は、悠莉でも名前くらいは知っている老舗《しにせ》の高級紳士服店「テーラー長辻」の副社長夫人とのことで、品のよさが頷けた。

依頼内容を尋ねると、響子は「離婚のことで、ちょっと」と言葉を濁《にご》した。

翌日の土曜の夕方近く、そろそろ灰音《はいね》のマンションに向かおうとダウンジャケットを着て玄関を出たところへアパートの大家が現れ、飼い犬の鳴き声をめぐる隣家との諍《いさか》いについての相談を持ちかけられた。長年、親子で世話になっている人物だったのでいい加減な対応もできず、話を聞いているうちにすっかり日が暮れてしまった。

慌てて事情を説明するメールを送り、二日分の買い物を済ませてマンションに到着したときには、灰音はもう帰宅していた。

「遅くなってすみません」

奥のリビングから出てきた灰音に靴《くつ》を脱《ぬ》ぎながら詫《わ》び、悠莉《ゆうり》は廊下へ上がる。

「さっきのメール、また、忙しいからとキャンセルされるのかと思ったぞ」

ジーンズにゆったりとした黒のセーターを合わせた灰音の美貌《びぼう》は相変わらずで、一月半ぶりのせいかその匂《にお》い立《た》つ凄艶《せいえん》さを目にした瞬間、一気に血圧が上昇した。

返事も忘れ、呆《ほう》けたように灰音を見つめていると、スーパーの袋を提《さ》げたままの身体を抱かれ、冷えた頬や額に口づけられる。ようやく直《じか》に感じられた灰音の体温や、耳朶《じだ》をくすぐるその声が嬉しくて、胸の高鳴りが激しくなってゆく。

「しばらく見ないうちに伸びたな」

指先で悠莉の杏色《あんずいろ》の癖毛《くせげ》を梳《す》き、灰音が笑う。

「切りに行こうとは思ってるんですけど、なかなか時間がなくて……」

「もう少しそのまま伸ばしておけ。君は長めのほうが似合うと思うぞ」

気のせいか、髪をゆっくりと撫《な》でる指の動きがやけに艶《なま》めかしく、別の場所の赤毛を弄《いじ》られているような錯覚《さっかく》に襲われる。

これ以上触れられていると、灰音に飢《う》えていた身体が昂《たか》ぶってしまいそうで、悠莉は「すぐ食事の用意をしますから」と、逃げるように身を離して台所へ向かった。

「今晩は何だ？」

ダウンジャケットをエプロンに取り替えていると、台所に入ってきた灰音がワインセラーの扉を開けて問いかけてきた。

「ゴルゴンゾーラのパスタと、牛肉とルッコラのサラダです」

悠莉の答えを聞き、灰音は赤ワインのボトルを手に取る。

「先に飲んでいる」

「つまみにチーズをちょっと切りましょうか？」

「ああ、頼む」

そう返事をするついでのように悠莉の唇を軽く啄《つい》ばみ、灰音はグラスをふたつ持ってダイニングテーブルに着いた。

胸に温かく満ちる幸せを感じながら手を洗い、買い物袋からチーズを取り出していたとき、ふと悠莉は壁面の鍋収納棚《なべしゅうのうだな》から一番気に入っていた銅製《どうせい》の片手鍋がなくなっていることに気づいた。

「灰音さん、鍋がひとつ見当たらないんですけど。銅の片手鍋、浅型の……」

「それなら捨てた」

「え、どうしてですか？」

「焦《こ》げついて、洗っても取れなくなったからだ」

灰音は普段、ワインセラーに用があるときぐらいしか台所に入らないので、聞こえてきた言葉に悠莉は驚いた。

パスタを茹《ゆ》でるために水を入れた寸胴鍋《ずんどうなべ》を火にかけたあと、食べやすい大きさに切ったチーズを盛った小皿をテーブルに運び、「何を焦がしたんですか？」と訊《き》く。

「うどん餃子《ぎょうざ》だ。先週、また急に食べたくなったが、君が来られないと言うので、自分でやってみたら鍋ごと炭化した」

「それ、もしかして、流しにある洗剤やタワシを使って洗ったんですか？」

「他にどうやって洗うんだ？」

フォークにチーズを刺し、灰音は不思議そうに片眉《かたまゆ》を上げる。

「鍋の焦げつきって、材質によって落とし方が違いますし、大抵は洗剤だけじゃ上手《うま》く取れないんですよ。銅製の鍋の場合は、水を入れて煮こんで、焦げをふやかすんです」

「そうか」

右から左へ聞き流したことが明らかなその口調に、悠莉は小さく苦笑する。

「今から材料を買ってきて、夕食はうどん餃子に変更しましょうか？　ワインにも多分、白なら合いますよ」

「いや、それには及《およ》ばない」

灰音は悠莉の手を握《にぎ》って柔《やわ》らかく笑む。

「さっさと食事を済ませて、君を抱きたい」

触れられた場所から全身へ、血の滾《たぎ》りがざわざわと広がってゆく。

隠しようもなく赤く染まった顔を伏せ、悠莉は細く声を落とす。

「……あの、せっかく灰音さんのために作るんですから、ゆっくり味わって食べてほしいんですけど」

「そんな余裕はない。私に二週間もお預けを食らわせた君を、今ここで裸に剝《む》きたいのを我慢しているくらいだからな」

「お預けって、それってどちらかと言ったら、俺の台詞《セリフ》だと思うんですけど」

昂ぶりを放置された前回の仕打ちへの非難をやんわりと滲《にじ》ませて言うと、引き寄せられた指先に唇を押し当てられる。

「だから、その埋《う》め合《あ》わせを早くさせてくれ」

皮膚《ひふ》の下へと浸透《しんとう》して響く甘い声に呼応し、鼓動《こどう》が跳ね上がる。

「じゃあ、俺のお願い、聞いてくれますか？」

昨夜、悠莉は徹夜《てつや》をして、日帰りのドライブデートのプランを何本か立てた。

クリスマスはもちろんだが、まずは天気予報によると絶好のデート日和《びより》らしい明日の日曜日にふたりで出かけてみたかったのだ。

行き先は海がいい。昼食に海の幸《さち》を堪能《たんのう》できれば嬉しいけれども、おそらく灰音は外食を嫌がるだろうから、早起きをして弁当を作ろうと思っている。

見晴らしのいい場所に車を停めて、海を眺《なが》めながら一緒に弁当を食べれば、それだけできっととても楽しいだろう。

灰音は酒を飲むと機嫌がよくなるので、あとで頃合いを見計らい、酌《しゃく》をしながらその計画を披露《ひろう》するつもりだった。だが、どんな願いでも叶《かな》えてくれそうな色めく笑みを向けられて我慢が出来なくなり、悠莉は灰音の手に指を絡めてねだった。

「今度は何だ？　新しい鍋でも欲しいのか？」

「鍋も欲しいですけど、それより、明日、海を見に行きたいです。俺が運転しますから」

「君が？」

驚いたように瞬《またた》いた灰音に、悠莉は「俺、免許取ったんです」と告げる。

「明日は天気もよさそうですし、葉山《はやま》とかどうですか？　それから館山《たてやま》海岸なんかも景色が」

「まったく」

ふいに悠莉の言葉を遮《さえぎ》って、灰音が苛立《いらだ》たしげに手を振りほどく。

「どうやら、私は君にまんまと騙《だま》されたようだな」

「だ、騙したって……」

「最近、忙しいと言っていたのは、仕事ではなく、教習所通いのせいだったんだろう？」

「それは、あの……、でも、騙すだなんて……。俺はただ、灰音さんを驚かそうと思って……」

悠莉を見据《みす》える双眸《そうぼう》には、予想もしていなかった冷たい怒りの色が湛《たた》えられており、弁解する舌が縺《もつ》れた。

「十分、驚いている。私の誘いを嘘をついてまで断って、そんなくだらないことに時間を浪費していた君の馬鹿さ加減にな」

まるで、初めて会った頃のような、ひどく冷淡な物言いだった。

ほんの数秒前まで周囲に優しく満ちていたあの甘やかな空気は、もうどこにもない。

「……黙ってたことは謝ります。でも、灰音さんとデートがしたくて取った免許です。俺にとっては、くだらなくなんかありません」

仕事で忙しいふりをしたのは、確かに嘘には違いないが、悪意があってついたのではない。

セックス以外の、自分が灰音の恋人だと実感できることをしたくて、その準備を内緒でしただけだ。なのになぜ、犯罪でも犯したかのように糾弾《きゅうだん》されねばならないのだろうか、と悲しさよりも悔《くや》しさが先立った。

「無意味な努力は、この上なく愚《おろ》かで、くだらない」

テーブルの上を指先で叩き、灰音は冷ややかに言う。

「君と外出する気はないと言ったはずだぞ、悠莉。私は、同じことを何度も言い聞かせなければ理解できない馬鹿は好きじゃない」

「どうして、駄目なんですか？　ドライブくらいなら、男同士でもべつに怪しまれないのに」

「私はまだ死ぬ気はない」

「俺、そんなに運転は下手《へた》じゃないですよ。教習所の先生にも筋がいいって誉《ほ》められましたし、所長の運転手も何度かしましたけど、べつに何も言われませんでしたから」

運転技術を危ぶまれているのかと思ってそう説明してみたが、「しつこいぞ」と不機嫌に睨《にら》まれただけだった。

「な、何で、灰音さんは――」

悠莉の気持ちをまったく理解してくれないその薄情さを詰《なじ》ろうとしたとき、ふとある可能性が脳裏《のうり》を過《よぎ》った。

「……灰音さんって、俺のこと……性欲処理のための愛玩品《あいがんひん》ぐらいにしか思ってくれてないんですか？」

愛されている自覚は確かにある。だが、もしかすると、自分に向けられている愛情は、灰音の性格や嗜虐《しぎゃく》的嗜好《てきしこう》同様、いびつに歪《ゆが》んだものなのかもしれない。蒐集品《しゅうしゅうひん》に偏愛《へんあい》を抱《いだ》く好事家《こうずか》のように、灰音は自分を言葉を話す性具として――家の中に秘しておくべき性愛人形として愛《め》でているのだろうか。

胸の奥で頭を擡《もた》げたそんな不安に、こぼした声が無様に震える。

「だ、だから、俺とはセックスしかしてくれないんですか？」

「馬鹿馬鹿しい質問だな」

「――馬鹿だから、はっきり言われないとわかりません！　ちゃんと答えてください！」

欲しかった否定の言葉を貰《もら》えなかったことで疑念が膨《ふく》らみ、声が大きくなる。

「今は子供の癇癪《かんしゃく》に付き合う気分じゃない。そう思いたければ、勝手に思っていろ」

秀眉《しゅうび》をひそめる灰音と険悪に睨み合ったとき、台所から鍋の湯が沸騰《ふっとう》する音が聞こえてきた。

何の会話もなく、重苦しく進んでいた食事の途中、灰音の携帯電話が鳴った。

席を立って電話に出た灰音は前回のように出かけはしなかったものの、書斎に籠《こも》ったきり、一時間近く経《た》ってもまだ出てくる気配がない。

ひとりで食事を終え、食器を洗うと何もすることがなくなり、悠莉はリビングのソファに座ってテレビをつけた。

特に見たい番組などなかった。だが、防音性の優れ《すぐ》たこのマンションでは、同じ家の中にいても壁一枚を隔《へだ》てただけで気配がまったく感じられなくなる。いやが上にも孤独感を掻《か》き立《た》てられる空間の静寂さが、悠莉には耐えられなかった。

画面に映《うつ》ったのは衛生放送のチャンネルで、数年前にヒットしたハリウッド映画が流れていた。

コメディ仕立ての恋愛映画を見るともなしに眺《なが》めやりながら、このまま灰音が自分を放っておくつもりなら、帰ってしまおうかとふつふつと頭を煮え立たせた。

それなのに、憤《いきどお》り、苛立つその一方で、いつの間にか主役の俳優と同年代の灰音を比べ、容《よう》貌《ぼう》も気品も、肢体《したい》の美しさも灰音のほうが遥《はる》かに勝っていると悦《えっ》に入っていたことに気づき、溜め息混じりの苦笑を漏らす。

しばらく天井《てんじょう》を仰《あお》ぎ、悠莉はもう休もうと決めてテレビを消した。

明日のドライブは無理そうだが、一晩寝れば冷静になって話し合えるかもしれない、と思ったのだ。たとえまた同じ結果になったとしても、腹立ち紛《まぎ》れに黙って帰るよりは、口論であっても対話を重ねるほうが少しは建設的な気がする。

シャワーを浴びてパジャマに着替え、寝室のベッドに潜《もぐ》りこんだが、まだ八時を少し過ぎたばかりの時刻だ。目を閉じてもなかなか眠れず、寝返りを繰り返していたとき、ドアの開く音がした。

「もう寝ているのか」

「だって、することありませんから」

灰音に背を向けて言うと、突然、毛布を引《ひ》き剝《は》がされた。

「することならあるだろう」

「——な、や、やめ——んぅ……」

伸《の》し掛《か》かってきた灰音に口づけられると同時に、パジャマの下衣の中へ侵入してきた手に性器を扱《しご》かれる。

「……う……んっ、……っ」

注がれる愛情の意味がわからないまま、胸の奥で蟠《わだかま》る灰音への猜疑心《さいぎしん》に怯《おび》えながら抱かれたくはなかった。

だが、もがけばもがくほど、灰音は手と舌の動きを巧《たく》みにする。

無理やり欲情を煽《あお》る行為に嫌悪を覚え、咄嗟《とっさ》に口腔《こうこう》で蠢《うごめ》く舌を嚙んだ次の瞬間、唾液《だえき》に混じって薄《う》っすらと血の味が広がった。

「——あ……。す、すみません」

身を起こして詫びる悠莉に、灰音は無表情な眼差《まなざ》しを向ける。

「あの、でも、俺、今晩は……」

「嫌なのか?」

「い、嫌と言うか、その……、ちょっと風邪気味、なので……」

そうさせたのは灰音だとは言え、傷つけてしまった負い目からはっきりと拒《こば》めず、自分でも呆《あき》れるほどの下手《へた》な言い訳が口をついて出た。

こんなあからさまな嘘を信じたはずはないが、一瞬の沈黙のあと、「そうか」と淡く笑んだ灰音の声からはなぜか険《けわ》しさが凪《な》いでいた。

「なら、寝ていろ」

悠莉の頬をそっと撫で上げて、灰音は寝室を出て行く。

怒り出したときと同じように、唐突に優しくなった豹変《ひょうへん》ぶりに安堵《あんど》よりも訝《いぶか》しさを感じて戸惑《とまど》っていると、またすぐに灰音が部屋に戻ってきた。

「熱を計ってやろう」

そう言った灰音は、手に救急箱を持っていた。

「……え。あ、あの、べつに熱があるとかじゃないんですけど……。少しだるいだけ、というか……」

熱がなければ、また騙したと責められるのだろうかと狼狽《ろうばい》し、悠莉は慌てて嘘を塗《ぬ》り重《かさ》ねて取《と》り繕《つくろ》う。

「ちゃんと計って、確かめたのか?」

「いえ、そういうわけでは……」

「風邪は引き始めの対処が一番肝心《かんじん》だ。だるいと感じるのは、自分でも気づかない微熱のせいかもしれないぞ」

灰音は柔《やわ》らかく笑み、悠莉の身体を穏やかな手つきでベッドの上に横たえさせた。

ベッドの縁《ふち》に腰かけ、サイドテーブルに置いた救急箱の中から体温計を探しているらしい灰音の背を、悠莉は困惑を抱《かか》えて見遣《みや》る。

急に怒りを解いたのはなぜだろう、と不思議だった。

灰音は確かに意地が悪いが、悠莉を甘やかしてくれる大人の側面もある。悠莉の下手な嘘に騙されたふりをして、先ほどの口喧嘩《くちげんか》の和解をしようとしているのだろうか。

だとすれば嬉しいが、あの問いをはっきりと否定してもらえない限り、安易に喜ぶ気にもなれない。胸の中に溜まる靄《もや》に息苦しさを覚えながら、掛け直してもらえなかった毛布へ手を伸ばしかけたときだった。

振り向いた灰音にいきなりパジャマの下衣を引き下ろされたかと思うと、陰茎《いんけい》を上向きに握られた。そして、その先端の鈴口《すずぐち》に水銀体温計を突き入れられた。

「――いっ、痛っ」

悠莉は高く悲鳴を放ち、背を反《そ》らせる。

「や……ぁっ。い、嫌。――あぁっ」

尿道《にょうどう》を鈍《にぶ》く疼《うず》かせる痛みに身を捩《よじ》った瞬間、「暴れるな」と茎《くき》のくびれの部分を指の輪で強く締めつけられる。

「あっ」

「中で割れたら、病院送りになるぞ」

薄く笑い、灰音は細い秘裂に挿《さ》した体温計をゆっくりとさらに奥へと押しこむ。

何かを塗っているらしく、それはぬるぬるとなめらかに尿道を進んでゆく。

「——ひぅっ」

その狭《せま》い精の路《みち》を犯されるのは、初めてではない。

粘膜《ねんまく》を引《ひ》き攣《つ》らせる異物感が、やがて何に変わるのか、悠莉はもう知っている。

だが、今まで挿《い》れられたのはティッシュペーパーの柔らかな紙縒《こよ》りや綿棒で、こんなにも大きくて硬いものは初めてだった。しかも、冷たい硝子《ガラス》の筒の中身は水銀だ。

これまで経験したことのない尿道が裂かれそうな疼痛《とうつう》と、銀色に光る毒への恐怖心に身が竦《すく》んで動けず、悠莉は両手でシーツを摑《つか》んで叫ぶ。

「あ、ぁ……、痛……い、灰音さん。抜いて、お願い、抜い、てっ」

「痛いのは最初だけだ。いつも、すぐによくなるだろう。もう忘れたのか？」

言って、灰音は体温計を少し引き戻す。

「あんっ」

隘路《あいろ》を逆流した摩擦《まさつ》の刺激に、灰音の手が添えられていた茎が芯《しん》を持って勃《た》ち上《あ》がる。すると、徐々に皮膚が張りつめる感触の変化を愉《たの》しむように指がきつく茎に絡みつき、体温計が小刻みに律動《りつどう》しながら再び奥へと侵入してくる。

「だ、だ……って、こんな太いのっ、したこと……な、いっ」

首を振って涙をこぼしたが、長くて硬いそれは粘膜を擦《こす》りながらゆるゆると進むことをやめない。

「あ、ぅっ……、い、やぁ……。苦し……ぃっ」

「辛《つら》いふりの演技など、通用しないぞ。君は痛くて苦しいのが好きだろう?」

悠莉が眦《まなじり》に浮かべた涙を親指の腹で拭《ぬぐ》い、灰音はひどく優美に唇を綻《ほころ》ばせる。息を飲むその凄艶な笑みの底で静かに、だがはっきりと滾っている怒りを感じ、首筋が粟立《あわだ》った。

突然の優しさは歩み寄りのためではなく、悠莉を油断させるためだったのだ。

おそらく、セックスを拒み、嘘を重ねたことで、灰音の怒りに油を注いでしまったのだろうが、その原因を作った灰音からこんな仕打ちを受けねばならない謂《いわ》れはない。

喋《しゃべ》る性具のように扱《あつか》われて愛されるのも嫌だが、不条理な懲罰《ちょうばつ》として犯され、嬲《なぶ》られるのはもっと耐えがたかった。

「違っ、やめ、て……。あ、ぁっ」

無理やり孔《あな》を深くまでこじ開けられ、目頭《めがしら》がまたじわりと潤《うる》む。

落ちる涙は最初は灼《や》けつく痛みと悔しさのせいだったはずなのに、込み上げてくる狂おしい熱がそれを和《やわ》らげて溶かし、歓喜を呼び起こす。

「……ぁ。や、やっ、は……あぁっ」

強姦《ごうかん》まがいの行為に感じて、よがりたくなかった。

喘《あえ》ぎなどこぼしたくなかったのに、倒錯的《とうさくてき》な情交の悦《よろこ》びを教えこまれた身体が悠莉の意志を無視して勝手な反応を示し、蜜《みつ》を吐《は》き出《だ》してしまう。

「君は本当に嘘が下手だな。嫌だと言いながら、さっきよりもずっと中がぬめってきているじゃないか」

くちゅくちゅと濡れた水音を殊更《ことさら》に響かせる動きで孔をくじりながら、灰音は体温計を埋《う》めこんでゆく。

「——あぁっ、ぁ……ん」

膝のあたりに引っ掛かっていたパジャマの下衣と下着を脱がされたとき、悠莉はもう抗《あらが》わなかった。

それが、暴れた拍子に体温計が割れるのではないか、と恐ろしかったからなのか、引き出された快楽に負けてしまったからなのか、自分でもわからなかった。

「もっと気持ちよくなりたければ、脚を開け」

皮膚の下で疼く甘美な熱のせいで頭がぼんやりとして、あれこれ考えることが億劫《おっくう》だった。

命じられるままに秘処《ひしょ》を晒《さら》すと、灰音がサイドテーブルの引き出しから取り出したローションで濡らした指で蕾《つぼみ》を犯した。

「あぁっ。嫌……ぁ、あっ。や……ぁ」

入口付近の襞《ひだ》を内側から擦り立てられながら、同時に蜜を溢《あふ》れさせている精路も責められ、背が感電したように撓《しな》って震え、足先が痙攣《けいれん》する。

「い、やぁっ。あ……あっ。嫌っ」

「そんなに嬉しそうに腰を振っているくせに、嘘をつくな」

灰音は笑って、蕾を嬲る指を増やす。

「あ、んっ。抜いて、あ、あっ……抜いて」

窄《すぼ》まりの奥に潜《ひそ》む弱みを突き擦られ、下肢《かし》の前後から甘美な官能の漣《さざなみ》が全身へと広がる。目の眩《くら》む陶酔《とうすい》に、うわ言めいた嬌声《きょうせい》混じりの喘ぎを繰り返し、悠莉は息を乱した。

血を沸き立《た》たせる歓喜に理性が飲まれ、細い指の刺激では物足りなくなる。

摩擦《まさつ》の熱に潤む襞をうねらせ、はしたなく灰音の熱い楔《くさび》を求める言葉をこぼしかけたとき、精路をじわじわと進んでいた体温計が蜜のぬめりに乗り、深いところへ一気に侵入してきた。

「——あ、あぁっ!」

唐突に強い尿意が込み上げてきて、溶解しかかっていた意識を正気づかせる。

「だ、駄目っ、やめてっ! やめて、灰音さんっ」

噴《ふ》き出《で》る冷や汗と共に、悠莉は高い悲鳴を放つ。

「お願いっ、トイレ……っ、行きたいっ」

懇願《こんがん》しながら、尿意を抑えようと勃ち上がる茎の根元を両手で握った瞬間、体温計を前後に揺らされ、同時に後孔《こうこう》の愉悦《ゆえつ》の壺《つぼ》を押《お》し潰《つぶ》される。

「——嫌ぁっ！」

尿意と淫《みだ》らな悦びが混然一体となった強烈な刺激が下肢から頭上へと突き抜け、悠莉は鋭い叫び声を発する。

灰音の手を払い除けて、トイレへ駆けこみたかったが、尿をこぼす寸前の茎の根元を押さえつけるだけで精一杯で、起き上がることすらできない。

「灰音さん、お願い、お願いですっ。もう、も、漏れちゃうっ。本当に——駄目ぇっ」

「まったく、世話の焼ける」

灰音は美しい白皙《はくせき》に薄い笑みを湛え、懇願の涙で頬を濡らす悠莉の身体を軽々と横抱きに抱え上げる。

そのままトイレまで運ばれ、便座の前に立たされた。そして、蓋《ふた》が自動で開くのを待つ間に、体温計をゆっくりと尿道から引き抜かれる。

「——あ、あぁ……っ」

粘膜をぬるぬると擦られる刺激に耐えきれず、先端から雫《しずく》が滴《したた》り、床を汚《よご》した。それを、

「堪《こら》え性《しょう》がないな、君は」と灰音が笑った。

「三十六・七度。平熱だな」

手洗いキャビネットの上へ体温計を無造作に置くと、灰音は悠莉の背後から回した手で勃起《ぼっき》した茎を持って下に向け、排泄《はいせつ》を促《うなが》す。

「ほら、早くしろ。我慢すると、膀胱炎《ぼうこうえん》になるぞ」

「……で、出て行って……ください。見られてると、でき、ませんからっ」

ぬるつく鈴口を掌《てのひら》で蔽《おお》って塞《ふさ》ぎ、溢れ出そうなものをどうにか堪えて訴《うった》える。

「私が見ていると、出ないのか？」

「――っ、う……」

パジャマの裾《すそ》に隠れた陰毛を引っ張られ、悠莉は息を詰めて頷《うなず》く。

「なら、排尿できるように、協力してやろう」

愉しげな響きを含んだその声に、ファスナーを下ろす音が重なった。

まさか、と思い、振り向こうとしたが、それよりも早く腰を乱暴に摑まれ、慎《つつし》みを失《な》くしていた蕾へ屹立《きつりつ》を捻《ね》じこまれた。

「あぁっ！」

指淫《しいん》によってすでに柔らかく溶かされていた内壁を太い楔の熱で灼《や》かれ、もう我慢などできなかった。放った悲鳴を合図にしたかのように身体の中の堰《せき》が切れ、腫《は》れた茎の先端から黄色い液体が迸《ほとばし》った。

「い、嫌っ……、嘘……嘘っ」

茎を握り締めて懸命に堰《せ》き止《と》めようとしたが、疼く媚肉《びにく》を緩《ゆる》やかな動きで捏《こ》ね突《つ》かれるその甘美な感触に膀胱が捩れ、尿は勢いを増して便器の中の水面を叩く。

「あ、あ、ぁ……」

耳を塞ぎたくなる激しい水音が、室内で反響する。人前で放尿を強《し》いられている羞恥《しゅうち》と、限界まで堪えていたものを開放したことで下肢に広がった爽快感《そうかいかん》、そして蕾を突かれる歓喜が深く混ざり合って四肢と脳を震わせ、おかしくなりそうだった。

ようやく恥ずかしい音がやんだとき、わけのわからない隠微《いんび》な感覚に意識が朦朧《もうろう》としていた悠莉の代わりに、灰音が鈴口をトイレットペーパーで拭い、排泄物を流してくれた。

「中を擦られながら出すのは、気持ちがよかっただろう？」

悠莉は半《なか》ば放心状態で頷き、いつの間にか律動をやめていた灰音の雄を、内壁を蠕動《ぜんどう》させて食い締めた。

「まだ出したいものがあるようだな」

低く笑った灰音に、結合したままの状態で身体を壁側へ向けられ、左脚を後ろから掬《すく》うように抱え上げられた。

「しっかり、手をついて立っていろ」

そう命じ、灰音は激しい抜き挿しを始める。

「――は、ぁっ……あ、あ、あっ」

奥を穿《うが》つ灰音の強い動きが腰骨を伝わって響き、前の昂《たか》ぶりが大きく撓る。そして、その先端から止《と》め処《ど》なく溢れ出てくる透明な蜜が、壁や床に飛び散った。

深く突かれるたび、身の内を甘美な悦楽の炎が駆《か》け巡《めぐ》る。どうしようもなく気持ちがよく、骨まで灼《や》かれるようなその感覚に、悠莉は陶酔《とうすい》する。

「も、う……、だ、め……。あ、んっ」

脳裏で小さな極《きわ》みが次々に弾《はじ》け、絶頂が近づいてくるのがわかった。

「――もっと、速く。速く、して……っ」

放尿がもたらした快楽など比べものにならない悦びが、すぐ目の前にある。それを捉《とら》えたいという欲望に衝《つ》き動《うご》かされ、腰を揺すってねだると、抽挿《ちゅうそう》が激しさを増した。

「あ、あっ、……いいっ」

速い律動に合わせて、悠莉は自分も腰を振り立てる。

それだけでなく、気がつくと壁面の冷たいタイルに濡れそぼる茎を押しつけ、擦っていた。

「いい、いいっ。あ……あぁ、灰音さん、もっと。灰音さん、灰音さんっ――あぁっ！」

太く猛《たけ》る楔で一際深い場所を強く抉《えぐ》られた瞬間、鈴口から白濁《はくだく》の液が噴き上がった。

極まりの遂情《ちくじょう》がもたらす恍惚《こうこつ》に、潤んだ柔壁が激しく痙攣する。

中がきつく窄まってゆくそのうねりの波に逆らって楔を小刻みに回しながら、灰音も熱い粘液を放った。

「あ……ぁ、灰音、さん……っ」

身体の奥をねっとりと熱く濡らされ、下肢が溶けてしまったかのような凄《すさ》まじい愉悦を感じた。もう立っていることができず、悠莉は膝を崩《くず》し落《お》とした。

太くて長い楔がずるりと蕾から抜ける。床の上に座りこむと、だらしなく開いたままの蕾から、灰音に放たれたものがぬめりながらこぼれ出てきた。

不快でもあり、甘美でもあるその粘《ねば》る感触に睫毛《まつげ》を震わせたとき、「悠莉」と呼ばれた。

ぎこちなく振《ふ》り仰《あお》ぐと、硬さを保ったままの灰音の雄が赤黒くそそり立っていた。

「まだ足りないだろう?」

悠莉の眼前で、猛々《たけだけ》しくも美しい形をした自身をゆっくりと擦り上げて灰音は笑う。

「私が欲しければ、そこに這《は》え」

快楽に支配された心が、ただ狂おしく灰音を求めていた。

冷ややかに命じる言葉の放つ見えない糸に操られるように床の上に這うと、白濁の液を漏らしてひくつく蕾が一気に貫《つらぬ》かれた。

「あぁっ」

十分すぎるほどほぐれ、濡れた隘路は、潤う襞を灰音に絡ませながらもなめらかにその侵入を助け、奥へ奥へと誘う。

「君は名器だな。中がうねって、勝手に私を呑《の》みこんでいくぞ」

満足げに言い、灰音は腰を動かし始める。

「あ、あ、やっ……。灰音さん、灰音さん」

激しく打ちこまれる楔の微《かす》かな隙間で、注ぎこまれた精液が泡立《あわだ》つのを感じながら、悠莉は灰音の名を呼び続けた。


扉の閉まる音が頭の中で鈍く響き、目が覚めた。

虹彩《こうさい》を刺す陽の光の眩《まぶ》しさに瞼《まぶた》を伏《ふ》せ、悠莉はのろのろと上半身を起こした。

ベッドの隣にはまだ温《ぬく》もりが残っていたが、部屋の中に灰音の姿はなかった。

見遣った時計の針が示していたのは、そろそろ昼が近い時刻だった。

ひどく喉が渇《かわ》いているのに気づき、悠莉はベッドを下りた。だが、過ぎた性交の疲労が溜まっているのか、腿《もも》のあたりが小刻みに震えて、なかなか上手く立てなかった。

昨夜はトイレの中で二度繋《つな》がったあと、また寝室に連れ戻され、柔らかなベッドの上で何度も抱かれた。

一晩中、休む間もなく攻め立てられ、身も心も蕩《とろ》かされきってよがり狂っていたことは覚えているが、いつ意識を手放したのかは記憶にない。

呼吸をするのも億劫に思える気だるい身体を包んでいたのは、清潔なパジャマだった。下肢に不快なぬめりも感じないので、灰音が体液の汚れを清め、着替えさせてくれたようだが、それを感謝する気にはなれなかった。

よろめきながら廊下へ出て、浴室の前を通ると中から微かな水音が聞こえた。

灰音がシャワーを浴びているのだろう、とぼんやりと思いながら台所へ入り、コップに汲《く》んだ水を飲んだ。

冷たい水が、喉をゆっくりとすべり落ちてゆく。

それは身体の渇きを鎮《しず》めてくれても、心のひび割れまでは癒《いや》してくれなかった。

今までも散々、倒錯的《とうさくてき》な情交に溺《おぼ》れた。だが、愛の囁《ささや》きも甘いキスもなく、ただ貫かれるだけの、まるで動物の交尾のようなセックスは初めてだった。

意識が朦朧としていたせいでよく覚えてはいないが、自分から穿たれたいと願って腰を振っていた気がする途中からはともかく、始まりは強姦まがいだった。

そんな行為を平然としかけてきた灰音が許せなかった。

やはり、灰音にとって、自分は性的欲求を満たす道具的存在でしかなく、だからあんなにもひどい扱いを受けたのだろうかと思うと、言葉にならないほど悲しくて、悔しかった。

そして、気も狂わんばかりにその凌　辱《りょうじょく》を悦んでいた自分の淫蕩《いんとう》さを思い出すと、眩暈《めまい》を催《もよお》す吐き気が込み上げてきた。

ほんの数ヵ月前までは、自慰《じい》をすることにすら後ろめたさを覚えていたはずなのに、今は自ら嬲られることを求めてしまう。

灰音に作り替えられてしまったこの身体の信じがたい貪欲《どんよく》さに悠莉は恐怖を覚え、不安になる。

「……っ」

様々な感情が胸の内で綯《な》い交《ま》ぜになって膨れ上がり、眦に涙が滲んできた。

灰音のことが好きで好きでたまらない。

その想いを恥ずかしさから言葉にできない悠莉の代わりのように、灰音はいつも会うたびに、何度も愛していると言ってくれた。

なのに、どうしてこんなにも気持ちが通じ合わず、惨《みじ》めになるのだろうか。

こぼれそうになった涙を手の甲で拭い、悠莉は寝室へ戻り、着替えた。

灰音の顔を見ると、息ができなくなりそうな気がした。だから、灰音が浴室から上がる前に出ていこうと思った。黙って帰っても事態は決して好転などしないということはわかっているが、今は冷静に話し合う自信がなく、とにかく灰音の顔を見たくなかった。

急いで纏めた荷物を持って玄関へ向かっていた途中、ふとトイレの前で足が止まった。

昨夜、この中に悠莉が撒《ま》き散《ち》らした欲望の証《あかし》は、きっとそのままになっているだろう。

灰音は家の中のことに関しては驚くほど無頓着《むとんちゃく》だ。

以前は留美《るみ》に、そして今は悠莉と、週に何回か通ってきている清掃《せいそう》専門の家政婦に家事を全て任せきりなので、きっと雑巾《ぞうきん》のある場所など知らないはずだ。トイレは焦がした鍋のように捨てることはできないので、悠莉が掃除をしなければ、家政婦にやらせてしまうかもしれない。たとえ顔を合わすことがない人物であっても、他人に自分の乱れた跡を見られるのは耐えがたい羞恥だ。

悠莉は、清掃用品が収められている廊下のクローゼットから洗剤と雑巾を取り出し、リビングへ引き返してダイニングテーブルの上に置いた。そして、その横に「トイレの掃除は自分でしてください」と書いたメモを並べ、マンションを出た。

週明けの月曜の午後、長辻《ながつじ》 響子《きょうこ》は予約時間通りに事務所に現れた。応接室での一時間ほどの面談のあと、「では、よろしくお願いします」と頭を下げて帰っていったので、大伴《おおとも》は響子の依頼を受けたのだろう。

登記申請書《とうきしんせいしょ》の起案をしていた手を止め、出した珈琲《コーヒー》カップを下げて洗っていたとき、誰かに電話をしていた大伴の「何だと、役立たずが！」と怒鳴る声が聞こえた。

思わず振り向くと、乱暴に受話器を叩きつけた大伴と目が合い、「茶！」と不機嫌な声を張り上げられる。

何に腹を立てているのかはわからないが、八つ当たり的に怒りの矛先《ほこさき》をこちらへ向けられたくはない。急いでほうじ茶を淹《い》れた湯呑《ゆの》みをデスクへ持っていくと、険《けわ》しい表情の大伴になぜか一枚の写真を無言で投げつけるように渡された。

その写真には、響子と、四十過ぎと思《おぼ》しき穏やかそうな細面《ほそおもて》の男が並んで写っていた。

「もしかして、長辻さんのご主人ですか？」

そうだ、と頷《うなず》き、茶を啜《すす》った大伴の眉間《みけん》の皺《しわ》が、微《かす》かに薄くなる。

「ずいぶん、年が離れてるんですね」

「そんなに離れちゃいねえよ。女房のほうは見た目が若いがもうすぐ三十三で、亭主《ていしゅ》が四十だからな」

そう教えられ、悠莉は驚いた。

響子の白い肌《はだ》は、間近で見ても陶器のようになめらかで、化粧品《けしょうひん》でごまかしているとは思えない透明感があった。それに、小さな顔に対して、濡《ぬ》れたように黒々とした目がとても大きなせいか、まだどこか少女めいた雰囲気《ふんいき》すら感じられた。

だから、せいぜい、自分と同じ二十代の半《なか》ばぐらいだろうと思っていたのだ。

一方、夫の遼一《りょういち》の優しげな細面の容貌《ようぼう》には、四十歳の実年齢にふさわしい落ち着きがある。

写真で見る限りでは、親子のようにも思えなくはないふたりは今年で結婚十三年目を迎えるが、もうずいぶん前から夫婦仲が悪く、先週、ついに遼一から離婚の申し出があったのだそうだ。

「長辻遼一と響子は染色体が合わないだか何だかで、子供ができにくいらしい。響子が三度目の流産をした五年前を境《さかい》に、夫婦仲の冷えこみが決定的になったそうだが、遼一は跡継ぎの長男だもんで、遼一以上に社長夫婦が強硬に離婚を望んでいるんだと」

「じゃあ、依頼に来られたということは、長辻さん——響子さん側には離婚の意思はない、ということですか？」

「いや。響子も、もう亭主にはすっかり愛想《あいそ》が尽《つ》きていて、離婚自体には異存はないが、提示された財産分与込みの慰謝料《いしゃりょう》三千万が不服で、もっとぶんどってくれって頼まれたんだよ」

言いながら、大伴は空《から》になった湯呑みを机の上に置く。

「ご主人の年収と資産は、どのくらいなんですか？」

「年収は千五百万。この夫婦は遼一の親と同居で、不動産やら車やらはほとんど親か会社名義だから、財産分与の対象になるのは約五千万の銀行預金だけだそうだ」

婚姻後《こんいんご》に築かれた財産は、原則として夫婦の共有財産と見なされる。

しかしながら、それは離婚に際して、対等に二分された持分《もちぶん》が妻に認められるということではない。家庭ごとに事情が異なるので一概《いちがい》には言えないが、妻が専業主婦である場合、一般的に妥当《だとう》とされる妻の持分はせいぜい四割だ。

つまり、遼一は確かにゆくゆくは社長の座に就く人物だが、それでも現在の年収と資産を考えれば、慰謝料と財産分与を合わせて三千万円という額は決して安くはない。

おそらく、今の時代に不妊を理由にして離婚を申し入れることへの配慮《はいりょ》がされているのだろう。しかも、響子自身も離婚を望んでいるのだから、悠莉にはこれ以上の増額を求める正当な理由が見当たらないように思えた。

「でしたら、妥当な額では？　ご主人に何か有責行為がない限り、それ以上の慰謝料を得るのは難しいんじゃないでしょうか……」

「遼一には愛人がいるようだ。離婚を言い出したのも、子供ができない云々《うんぬん》は口実で、本当は古女房と若くてピチピチの愛人を取り替えたいかららしいぞ」

「具体的な証拠はあるんですか？」

問うと、大伴は机の上に置かれていた茶封筒を指先で弾《はじ》き、悠莉の前へすべらせた。中には、連続して遼一を撮《と》ったと思われる二枚の写真が入っていた。

夜の街頭を歩く遼一の隣に、女がいた。だが、写真は二枚とも全体的にぶれており、女の顔はよく識別できなかった。しかも、手を繋《つな》いだりしているわけでもないので、単に近くを歩いているだけの通行人のような感も否《いな》めない。

「……これは、不貞の証拠写真と言うには、ちょっと無理がある気がしますけど」

眉《まゆ》をひそめた悠莉に、「わかりきったことを言うな」と大伴が怒鳴る。

「それは五日前、響子と仲のいい相里屋《あいさとや》の専務の女房が携帯で撮った写真だ。友人と食事をした帰りに乗ったタクシーが信号で停まったとき、窓の外を遼一とその女が一緒に歩いていたそうだ。撮り損《そこ》ねているが、シャッターを押す前までは、ふたりは腕を組んでいて、明らかにただの通りすがりや仕事相手という雰囲気じゃなかったらしい」

何やら嫌な予感を覚えながら、悠莉は「はあ」と頷く。

「浮気の現場を押さえられりゃ、最低でもあと数百万は請求《せいきゅう》できるだろう。お前、しばらくこの亭主に張りついて写真を撮ってこい」

「……あの、それって要するに、浮気調査ってことですよね？　弁護士業務の範囲外じゃ……」

おずおずとそう言うと、「あぁ？」とヤクザ顔負けの凄《すご》みが返ってきた。

「ケツが真緑の半人前以下のくせに、仕事に文句つけるたぁ、いい度胸じゃねえか」

「……いえ、文句と言うか、そういうのは技術が要《い》りますし、プロに頼むべきかと……」

「できることなら、そうしてる」

大伴は苦々しい表情で、吐《は》き捨《す》てるように言う。

「いつも使ってる探偵《ヤツ》が、バイクで事故って休業中なんだよ」

「じゃあ、他の探偵を探してください。尾行《びこう》の仕方なんて修習所じゃ教わりませんでしたし、俺がやっても、上手《うま》くいくとは思えません」

「実際にやりもしないうちから、泣き事を言うな。人間、死ぬ気でやりゃあ、できないことはない」

「……所長。事務所の評判にも係《かか》わることですし、こういう経費削減《さくげん》は、あまりしないほうがいいんじゃないでしょうか」

探偵を雇《やと》う経費を惜《お》しんでいるのだろうかと思い、やんわりと非難すると、「金をケチってるわけじゃねえっ」と怒声が轟《とどろ》く。

「相里屋の専務の女房の話じゃ、相手の女はかなり若かったそうだ。元々、遼一はロリコンとまでは言わないまでも、若い女に目がないんだとよ。だから、愛人も未成年の可能性がある」

「未成年、ですか？」

「ああ。最近は、調査内容を強請《ゆすり》のネタにする外道《げどう》も多いから、普段から付き合いのないところは信用できん。響子からも、遼一のアブノーマルな性癖《せいへき》を世間に暴露《ばくろ》したいわけじゃないから、怪しげな探偵は使わないでくれって頼まれてるしな」

老舗《しにせ》の御曹司《おんぞうし》に未成年の愛人がいれば、それは確かに格好の強請の材料になるだろう。しかし、犯罪者まがいの探偵が、そう巷《ちまた》に溢《あふ》れているとも思えない。

餅《もち》は餅屋と言うのだから、やはり専門家に任せるのが最善の策ではないだろうか。そう考え、「でも」と口にした瞬間、「ぐたぐたうるせぇっ！　俺がやれっつったら、口答えせずに黙ってやれ！」と大伴の放った咆哮《ほうこう》に鼓膜《こまく》をつんざかれた。

「とりあえず、一週間、亭主を見張れ。それで、お前がクソの役にも立たなけりゃ、何か別の手を考える。わかったな」

「……はい」

仕事でもプライベートでも、サディストの暴君に心身を虐《しいた》げられる己《おのれ》の不運を恨《うら》めしく思いながら、悠莉は小さく息を落とした。


何の訓練を受けたわけでもないのに、果たして探偵や刑事の真似事《まねごと》ができるだろうかと不安だったが、尾行を始めて四日目に、どうにか浮気相手と思しき女の写真を撮ることができた。昼前に麻布《あざぶ》にあるテーラー長辻の店舗《てんぽ》をタクシーで出た逵一のあとをつけてスパニッシュレストランに入ると、そこで女が待っていたのだ。

未成年なのかどうかまでは見た目ではわからなかったが、色白の顔つきは微かにあどけなく、二十歳前後であることは間違いないだろう。昼時の店内は賑《にぎ》わっていて、会話の聞こえる席には座れなかったが、ふたりの交わす視線には、肉体関係がなければ決して生じ得ない艶《つや》が、あからさまなまでにはっきりと宿っていた。

逵一と女は食事を終えると、店の前で別れた。ふたりに続いて店を出た悠莉は、大伴の指示に従い、尾行対象を女に変えた。自宅を突きとめろと命じられたが、女の行き先はレストランから地下鉄で三駅離れたカトリック系の名門女子大だった。

共学の大学ならば関係者のふりをしてキャンパスに入り、情報収集をすることも可能だろう。

だが、屈強《くっきょう》そうな警備員が鈴なりに詰めている門衛所《もんえいじょ》を見て、侵入はとても無理そうだと諦《あきら》め、悠莉は写真の確認をしてもらうために相里屋の専務の家を訪ねた。

「そうそう。この子よ、この子。間違いないわ」

通されたリビングでデジタルカメラを渡し、レストランの外や大学近くの路上で撮った女の画像を見せると、相里沙織《さおり》は抱いていた愛犬を撫《な》でながら大きく頷いた。

「どこの誰かも、わかったの？」

「いえ、まだそこまでは。でも、聖クリスティナ女学院の学生のようです」

そう答えたとき、沙織のふくよかな腕の中にいた犬が床に飛び降りて悠莉の足元へ駆け寄り、じゃれつき始めた。

犬種はわからないが、長い耳が垂《た》れさがり、猫よりも少し大きな体格をしたその姿は、とても優美だった。そして、赤みの強い絹糸《きぬいと》めいた長い癖毛《くせげ》は、聞かされていた通り、悠莉の髪によく似ていた。

「やっぱり、あなたのこと、気に入ったみたいね。毛並みが同じだから、仲間だと思ってるのかしら」

沙織には以前一度、相里屋の店内で会ったことがあり、専務の夫と同様、レオンという名の愛犬と髪の毛の形状がそっくりな悠莉に好意を示してくれていた。

おそらく、悪気も深い意味もないだろう言葉に淡く苦笑して、「抱いてもいいですか」と問う。

「ええ、どうぞ。レオンは甘えん坊で、抱っこされるのが大好きなのよ」

悠莉はレオンを膝の上に抱きあげ、艶《つや》やかな光沢《こうたく》のある長い毛を、灰音《はいね》がよくそうしてくれたように優しくそっと撫でてみた。すると、レオンは気持ちよさそうにうっとりと目を細め、小さな顔を擦《す》りつけてきた。

髪を撫でられているとき、自分もこんな恍惚《こうこつ》とした表情になっているのだろうか、と思いながら、悠莉はぼんやりと灰音のことを考えた。

あの日曜日から、五日が過ぎた。

元々、灰音はまめに連絡をくれるような性格ではないが、会う約束をした週末が近くなると、予定の変更がないかを確認するメールが必ず送られてきていた。しかし、今週末は約束をしていなかったせいか、金曜の今日になっても携帯電話は鳴らなかった。

黙って帰った理由を問《と》い質《ただ》す電話も、メールすらなかった。

灰音に腹を立て、顔も見たくないと思ってマンションを飛び出てきたはずなのに、連絡がまったくないと、よほど怒っているのだろうか、もしかしたら嫌われたのだろうかと、たまらなく不安になってしまう。

それでも、悠莉にも灰音に対する蟠《わだかま》りと意地がある。自分から連絡する気にはならないものの、毎日、胸の中の靄《もや》は濃くなるばかりだ。

この息苦しさをどうにかしたかったが、悠莉は友人とすら喧嘩《けんか》らしい喧嘩をしたことがない。だから、こんなときに取るべき手段が何も思い浮かばなかった。

「可愛《かわい》いですね。何ていう犬種なんですか？」

目の前に浮かんできた美しい白皙《はくせき》の幻《まぼろし》を強く瞬《またた》いて払い、悠莉は沙織に尋ねる。

「色々ミックスなのよ。お母さん犬がコッカープーっていうコッカー・スパニエルとトイ・プードルのミックスで、お父さん犬がフィールド・スパニエル」

その親犬たちがどんな犬なのか、悠莉にはさっぱり想像もつかなかった。だが、沙織の誇《ほこ》らしげな様子からとにかく高価な犬だということは理解できた。

「じゃあ、こんなに可愛いのは、そのお父さんとお母さんのいいところを引き継いだからなんですね」

愛想《あいそ》よくそう言ってみると、沙織は「ありがとう」と嬉しそうに笑んだ。そして、少し丸みを帯びた頬へ手を遣《や》り、デジタルカメラの液晶画面へ視線を戻す。

「それにしても、高校生じゃなかっただけマシだけど、いい歳をして女子大生を愛人にするなんて……。響子ちゃんがかわいそう。何もかも捨てて、遼一さんを選んだのに」

結婚の経緯《けいい》については、たまたま昨日、事務所を訪れた響子本人から話を聞く機会があった。大学進学を機に長野《ながの》から上京して来てすぐ、響子はアルバイト先の飲食店で、客だった遼一に一目惚《ひとめぼ》れをされたらしい。

遼一は四十代となった今でもなかなかの容姿をしているのだから、若い頃は相当の美男子だったのだろう。そんな老舗の御曹司に、毎日のように熱烈なプロポーズを受けて逆上《のぼ》せあがり、遼一の求めに応じて二十歳のときに大学を辞め、結婚したのだそうだ。

卒業後は地元へ戻り、両親や親戚《しんせき》たちと同じ教師になることが上京の条件だったため、その約束を破ったことで軋轢《あつれき》が生じた実家とはそれ以来、音信不通だという。それでも、最初はそのことをまったく後悔しないほど幸せだったそうだが、新婚と呼べる時代を過ぎた頃から遼一は年々、冷たくなっていったらしい。

繰り返された流産のせいではなく、ただ単に響子が年を取ったという理由で。

『あの人が愛していたのは、十九、二十歳の頃の私なの』

響子はそう言って、小さく笑った。

少女から脱したばかりの女のみが持つ初々《ういうい》しさに、遼一が異常な執着心《しゅうちゃくしん》を抱《いだ》いていることに気づいたのは、遼一の態度が変わり始めてしばらく経《た》ってからだったそうだ。

驚きはしたものの、当時は遼一への愛情のほうが大きく、そのときから若さを保つ努力を必死に重ねてきたのだと響子は自嘲《じちょう》混じりに告げた。

『でもね、どんなに頑張っても、無理だったわ。二十代の半ばを過ぎた女は皆、あの人の目にはお婆《ばあ》ちゃんに映《うつ》るみたいだから。五年前の流産のあとで体調を崩《くず》したとき、萎《しぼ》んだ肌が気持ち悪いから寄るな、って言われて、ああ、もう駄目だ、って思ったの』

同居をしている遼一の両親からも、慰《なぐさ》めの言葉どころか、流産への嫌味を言われるばかりで、響子にはその頃からすでに離婚の意思があったという。しかし、自分から離婚を切り出し、身ひとつで長辻家を追い出されることが怖く、ただ耐えるしかなかったのだそうだ。

「ここ何年か、遼一さんにはずっと浮気をしていた気配があったみたいなの。それなのに、一言も口にしなかった離婚を今になって言い出したってことは、きっとその娘《こ》と再婚するつもりなのよ」

沙織が憤《いきどお》った口調で言う。

あの若い愛人と本当に再婚するつもりなのかはともかく、遼一の内面が温和そうなその容貌に反していることだけは確かだろう。

人は見かけでは判断できないものだ、と思ったとき、また灰音の顔が脳裏《のうり》にちらつき始めた。

「離婚しても、響子ちゃんは実家へは戻れないし、頼る人もいないの。だから、なるべく沢山の慰謝料を取ってあげてほしい、って大伴先生にお伝えしてね」

なかなか消えない幻に鼓動《こどう》を乱されながら、悠莉は「はい、必ず」と答えた。

結局、灰音の声を一度も聞かないまま、週が変わった。連絡があったところで、浮気調査を土日も続けねばならなかったので、灰音のマンションに行く時間などなかったのだが、仕事が忙しいことを伝えもしない週末は初めてだった。

自分で望んだ結果には違いないが、どうしようもなく気分が悪かった。

酷《ひど》いことをしたのは灰音で、自分には何の落ち度もない。なのに、どうして、こんなにも連絡がないことが気にかかり、黙って帰るべきではなかったのかもしれないと後悔めいた気持ちに苛《さいな》まれねばならないのか、と腹が立って仕方がなかった。

だからなのか、あの日曜日までは目に映る全てのものが美しく輝いて見えていたのに、今は、近づいてきたクリスマスに浮かれる街の煌《きら》びやかさが煩《わずら》わしく、毎日、心が暗く澱《よど》んでゆく気がする。

吐き出す場のないその苛立《いらだ》ちは、まるで古くなった電球でも交換するかのように響子との離婚を望む遼一へと向いた。

響子は大伴の助言に従い、長辻家では大人しく離婚に応じるふりをし、住む場所を決めたら出て行く、と伝えている。そのため、遼一は特に警戒するふうもなく、土曜の夜から日曜の昼まで、愛人のマンションで過ごした。洗練された外装の、いかにも名門女子大学に通う学生が好みそうなそのマンションは戸数が少なく、小ぢんまりしていたので、路上からすぐに部屋を確認でき、出入りの瞬間も鮮明に写真に収められた。

しかし、遼一側が慰謝料の増額に応じず、離婚裁判へともつれた場合、不貞行為の証拠映像は複数あったほうが有利なため、悠莉はもうしばらくの調査の続行を大伴に申し出た。

自分でも歪《ゆが》んだストレス発散法だと思ったが、言《い》い逃《のが》れのできない完璧《かんぺき》な不貞行為の立証をすれば、溜《た》まった鬱憤《うっぷん》が少しは晴れる気がしたのだ。

月曜は何の動きもなかったが、ひとつ収穫があった。愛人のマンションのポストから名前や生年月日の印字された通販カタログの宛名ラベル部分がちょうどはみ出ていたのだ。

愛人は未成年ではなく、二十二歳だった。浪人や留年をしていなければ、卒業を目前に控《ひか》えた四年生だろうから、響子を追い出して愛人と再婚するつもりだろうと言っていた沙織の女の勘は当たっているのかもしれない、と悠莉は思った。

そしてその翌日の火曜日、遼一は昼に店を出て、愛人と食事をしたあと、ふたりでラブホテルに入った。

愛人の自宅マンションやシティホテルへの出入りの映像だけでは、「話をしていただけ」、もしくは「他にも友人がいた」などの言い逃れをされる可能性があるが、ラブホテルではそんな弁解は通用しない。

悠莉は路上の自動販売機の陰《かげ》に身を潜《ひそ》め、ふたりが並んでラブホテルに入ってゆく姿と、約一時間後に出てきた瞬間を注意深く撮影《さつえい》した。決定的な証拠を押さえられたことに内心で興奮しながら事務所へ帰ろうとして、ホテルの名前を控え忘れていたことに気づいた。

証拠を押さえたという気の緩《ゆる》みもあり、悠莉は見える角度が中途半端な物陰からではなく、ホテルの前を通りかかったふうを装い、ハートと矢印の記号がポップにデザインされた入口の看板を真正面から携帯電話で撮ろうと考えた。

だが、シャッターを押した直後、そこへ事を終えたらしい若い男女が出てきた。

「やだ！　何、変態！」

女が、甲高《かんだか》い悲鳴を響かせた。

「――え。ち、違います。べつに、怪しい者じゃ……」

「ふざけんなよ、てめえっ。こんな所で盗撮《とうさつ》なんかしやがってっ」

短い髪を金髪に染めた、横にも縦にも大きな男にマフラーごとダウンジャケットの胸倉《むなぐら》を摑《つか》まれた。焦《あせ》るあまり頭がよく働かず、つい「お、落ち着きましょう、ね。暴力は犯罪ですよ」とこぼした瞬間、男が太い眉をつり上げた。

「犯罪者はてめえだろうがっ！　ケーサツに突き出してやっからな！」

「どうかされましたか？」

男の怒声を聞きつけ、ホテルの従業員が中から顔を出す。

気がつくと、少し離れた通りの角のあたりに人だかりもできていた。

「おい、ケーサツ呼んでくれ。こいつ、俺らを盗撮してた変態なんだよ」

「だ、だから、違いますって！　は、離してください！」

喉元を圧迫されて苦しく、男の手を振りほどこうと悠莉は強く抗《あらが》った。だが、その必死さが却《かえ》って不審感《ふしんかん》を煽《あお》ったのだろう。すぐさま通報され、駆けつけたふたりの制服警官に近くの交番へ連行されてしまった。

一応、その場で携帯電話を見せ、盗撮されたと訴《うった》える男女の画像がないことは確認してもらったものの、「じゃあ、何をしてたんだ」と問う質問に答えることを拒否したからだ。

遼一たちがホテルを出たのは、つい先ほどのことだ。

もしかしたら、遠巻きにこの騒ぎを見つめる人だかりの中にまだいるかもしれない。万が一にも、交渉《こうしょう》前に浮気調査のことに気づかれてしまうと、口裏合わせや何らかの工作の時間を与えることになり、依頼人の響子の不利益になる可能性が高い、と思ったのだ。

「ケータイ。デジカメ。帽子《ぼうし》。現金入りクリアポーチ。持ってる物、これだけ？　その上着とか、ジーンズのポケットに何かヤバいもの、入ってない？」

狭《せま》い交番の机の上に悠莉の鞄《かばん》の中身を並べながら、五十がらみだろう警官に威圧的《いあってき》な口調で尋ねられる。

「べつに何も。ハンカチと使い捨てカイロしか……」

「んじゃ、ちょっと確認させてね」

もうひとりの若い警官に腕を引っ張られて椅子から立たされ、少し乱暴な手つきでポケットを探られた。

「あー、本当にハンカチとカイロだけっすね」

あそ、と年嵩《としかさ》の警官は頷き、大伴から支給された経費と領収書を入れた財布代わりのクリアポーチの中をのぞく。そして、「念のため、こっちも見せてもらうよ」と言って、デジタルカメラと携帯電話の画像を調べ始めた。

「領収書の宛名は全部、大伴法律事務所で、写ってんのは同じ男女ばっかだな……」

画像を一枚一枚確認しながら警官は低く呟き、今度はメールの送受信記録を調べ始めた。

「履歴《りれき》は送信のみで、どれも、宛先が『大伴先生』、送信者が『大伴法律事務所』だねえ。これ、業務用？」

「ええ」

携帯電話の通信費も、後日、響子に調査費用として請求するため、尾行中は大伴から渡された事務所の携帯電話を使っており、遼一に動きがあるたび、「午前十一時半、店から外出」などのように報告を入れていた。

「おたくさぁ、ここの法律事務所に雇《やと》われてる探偵？」

「いえ……」

「んじゃ、何？」

そう尋ねられて、悠莉は返答に迷う。

今は弁護士バッジを持っていない。以前、酔《よ》って紛失《ふんしつ》したことで大伴を激怒させ、再交付されたバッジは就業中以外に事務所の机から出すことを禁じられているのだ。

遼一の尾行は仕事には違いないが、付ける必要がないために、浮気調査を始めてからはずっと机の中に入れっぱなしだった。

そして、バッジだけでなく、免許証もない。

経費を入れたポーチと財布を一緒に持ち歩いていた尾行の初日、何箇所かでつい自分の財布から支払ったのに領収書を貰《もら》い忘《わす》れ、その結果、一万円近く持ち出しになってしまったので、翌日から財布は事務所に置いていくことにした。

免許証も名刺もその中だし、自分の携帯電話も通信費をうっかり混ぜないように、尾行中は持たないようにしている。

つまり、身分を証明できるものが何もないのだ。

ダウンジャケットにジーンズ、しかも派手な赤毛の頭で、普通の弁護士ならするはずのない探偵の真似ごとをしておきながら、弁護士だと名乗ったところで信じてもらえるはずがない。自分が警察官でも信じないだろうし、今の状況ではどう説明したところで鼻で笑われるのがおちだ。

それに、身分証明書の類《たぐい》を何ひとつ持っていない以上、この事情聴取から解放されるには、供述内容に虚偽《きょぎ》がないことを、誰かに保証してもらう必要がある。身元と、ホテルを撮影していた理由の両方の確認ができるのは大伴だけなのだから、最初から大伴に全てを説明してもらったほうが無駄な気疲れをしないで済むと悠莉は思った。

普段なら一番避けたい手段だが、不貞行為を立証する写真は撮れたのだから、今回ばかりは怒鳴られずに済むだろう。

「……黙秘しますから、その弁護士事務所に連絡してください」

「黙秘って、おたくねえ、そんなしち面倒なこと、しなくったっていいよ！」

年嵩の警官は苛立たしげに声を張り上げ、白髪《しらが》混じりの頭を掻《か》いた。

「盗撮だって騒いでたあのカップルの写真は一枚もないし、どうせ、この写真のふたりが不倫でもしてて、それをおたくが弁護士に頼まれて調べてるか何かなんじゃないの？ 職業と名前と住所、それから撮影の目的を簡単に教えてくれるだけでいいって。身元の確認が取れたら帰っていいから、ちゃっちゃと喋《しゃべ》ってくんないかなあ！ 警察だって、暇《ひま》じゃないんだからさ」

「撮影の目的は、守秘義務があるので言えません。私の身元については、その弁護士に聞いてください。全部知っていますから」

「ったく、面倒臭《くせ》え兄ちゃんだな！ おい、電話してやれっ」

そう命じられ、若い警官が事務所に電話をかけたが、留守番電話になっていた。

大伴の今日の予定は、午前中の民事裁判への出廷だけだ。もう二時を過ぎているので、帰ってきていなければおかしいが、急な用でまた外出しているのかもしれないと思いながら、携帯電話にかけ直してもらった。

だが、そちらも電源が切られていて、繋がらなかった。

「んー、『ただ今、電話に出られません』だってさ。どうする？ 一応、またあとでかけてみるけど、このまま黙秘されちゃうと、交番《ここ》じゃなくて、署で取り調べを受けてもらうことになるよ」

大伴の外出が帰りの遅くなるものならば、鍵《かぎ》の問題もあるので悠莉に報《しら》せてくるはずだ。連絡がないのだから、すぐに戻ってくるのだろう。そう高を括《くく》り、「かまいません」と答えると、そのまま所轄署《しょかつしょ》へ移された。さらに取り調べが始まってすぐ、何か事件が発生したらしく、刑事たちが皆、出払ってしまったため、今度は署内の留置所に放りこまれた。

二畳《にじょう》の房の鉄格子《てつごうし》に鍵がかけられても、怒りや焦りはあまりなく、撮るべき写真は撮ったという達成感のほうが大きかった。大伴が事情を説明してくれさえすれば、釈放《しゃくほう》されることがわかっていたので、最初のうちはのんびりと迎えを待っていたが、小さな窓の向こうがすっかり暗くなり、夜が更《ふ》けてくると、さすがに不安が膨《ふく》らみ始《はじ》めた。

暖房の効きが悪い房の寒さに震えながら、気がつくと早く外に出たいとそればかりを考えていた。

殺人や強盗容疑がかけられているわけではなく、悠莉は単なる不審者にすぎないのだから、とりあえず身元の証明さえできれば釈放される。

だが、母親には、こんなみっともない姿を見られたくはない。かと言って、気軽に身元保証人を頼めるような深い付き合いのある法曹《ほうそう》はいないし、弁護士登録をした直後にバッジを失《な》くして顰蹙《ひんしゅく》を買ったばかりの弁護士会に問い合わせられるのは論外だ。学生時代の友人に頼むのも、気が引ける。

大伴への恨みの念を発しながら頭を抱《かか》えたとき、ふと、留美《るみ》と灰音の顔が浮かんだ。秘密を共有する留美になら、多少、無理なことも言えるが、妊婦をこんな夜中に呼びつけるのはあまりに非常識だ。それにきっと、なぜ灰音を呼ばなかったのかと訊《き》かれるに違いない。いくら留美が相手でも、セックスの絡んだその理由を知られたくなかった。

留置所の入り口の机に座っている係の男を、悠莉は鉄格子越しに見遣った。

心の中には、初めて会った三ヵ月前のあの夜のように、灰音に助けてほしいという気持ちが芽生《めば》えている。なのに、留置係に声をかける決心がつかない。

黙って灰音のマンションを出てきた日から、今日でちょうど十日だ。

謝罪の言葉がない限り、顔を見たくない、と腹を立てていたはずが、日が経《た》ち、二十四日の金曜日が近づくにつれて、いつの間にか会えないことへの辛《つら》さが怒りを薄れさせ、自分から連絡を取る口実を無意識に探してしまっていた気がする。

このままの状態で三日後のクリスマス・イブを迎えるのは嫌だ。

それに、今、灰音に頼れば、関係を修復するいいきっかけになるかもしれない。

けれども、もし断られたら――。

そう思うと、怖くて踏ん切りがつかなかった。冷たい壁にもたれ、どうすべきか頭を悩ませていると、ふいに留置係が近づいてきて、鉄格子の扉が開けられた。

「出なさい」

平坦《へいたん》な声に促《うなが》され、留置係の後をついて廊下に出ると同時に、「この間抜けが！」と大伴の怒声が響きわたった。肌を突《つ》き刺《さ》すその罵声《ばせい》に、留置所を出られた実感が溢れ、思わず大伴に抱きつきたくなった衝動《しょうどう》を悠莉は辛《かろ》うじて堪《こら》えた。

大伴は、つい先ほどまで都内のとある病院にいたらしい。昼過ぎに入院中の顧客から遺言書《ゆいごんしょ》を変更したいと緊急の依頼をされて駆けつけたが、遺言書の作成中に容態が急変して顧客が亡《な》くなってしまったばかりか、遺体を囲む遺族たちが遺産をめぐり、文字通り取っ組み合いの争いを始めたために、帰るに帰れなくなっていたそうだ。

その腹立ち紛《まぎ》れも多分にあったのだろうが、大伴は署員たちが聞くに堪《た》えないと止めに入るほどのひどい罵倒語《ばとうご》を羅列《られつ》して悠莉を貶《けな》し続《つづ》けた。だが、返還《へんかん》されたデジタルカメラの映像を見せた途端、思った通り、面白《おもしろ》いようにぴたりと怒りを静めた。

そして、浮気調査から通常業務に戻ることを許可された翌日の夕方、悠莉が区役所の無料法律相談の当番から帰ってきたときには、怖いほどの上機嫌になっていた。

「椿原《つばきはら》ぁ。お前、猫の手どころか、案山子《かかし》の手にもならねぇド阿呆《アホ》の能ナシだったのに、ちったあ使えるようになったじゃねえか」

「……はぁ。どうも……」

今まで一度も見たことのない満面の笑みに背筋が寒くなり、悠莉はつい後退《あとずさ》る。

どうやら、悠莉が撮った証拠写真を携《たずさ》えて臨《のぞ》んだ長辻家での離婚交渉《こうしょう》が上手《うま》くいったのだろう。どうにも笑いが止まらないといった様子の大伴に、「ちょっと来い」と不気味な笑顔を向けられる。

鳥肌を立てて近づいたデスクの上には、はち切れそうな厚みのある茶封筒が置かれていた。

「特別にもう一回、賞与をやるから、ありがたく思え」

日頃の守銭奴《しゅせんど》ぶりが嘘のような気前のいい言葉に驚き、耳を疑ったときだった。

スーツの胸ポケットで、マナーモードにしていた携帯電話がメールを受信して振動した。

「あ、ありがとうございます……」

明日の二十三日は祝日だ。灰音が予定を尋ねる連絡をくれたのかもしれない。

そう思うと振動のやんだ携帯電話に全神経が集中してしまい、礼を返す声が気のないものになってしまう。

「何だ、いらねえのかよ？」

「いえ、まさか。いります、いただきます」

大伴の眉根が寄りかけたのを見て、悠莉は慌てて賃金《ちんぎん》受領確認書に捺印《なついん》する。

「ったく、誉《ほ》め甲斐《がい》のねえ野郎だな、テメエは。まぁた女のこと考えて、ボケーっとしてやがるのか」

「え……、えぇと、その……」

性別はともかく、灰音のことを想い、気がそぞろになってしまったのは、紛れもない事実だ。

一瞬で見抜かれるだろう嘘をつく気にはなれなかったが、肯定《こうてい》するのも憚《はばか》られ、言い澱むと、大伴は眉間に皺をきつく刻み、興醒《きょうざ》めしたように鼻を鳴らした。

「どうせ明日の休みは女とイチャつくんだろうが、二十四日は平日だからな。遅刻したり、早退させろなんてふざけたこと抜かしたら、ぶっ飛ばすぞ」

そんなことはしません、と悠莉は首を振る。大伴の気が変わらないうちに急いで賞与袋を鞄《かばん》へ詰めこみ、帰りの挨拶《あいさつ》をして事務所を出た。

駅へ向かいながら、逸《はや》る気持ちを抑えて携帯電話を取り出す。そして、朝からどこだかのテーマパークへデートに行っていた鈴《すず》からの、「このアトラクション、超オススメ！　一緒に乗ったら、彼女、絶対に喜ぶよ。あ、紹介料は、クリスマスプレゼントに込みでヨロシク！」と書かれた写真付きのメールを目にした瞬間、路上に倒れこみそうになるほど気落ちした。

鈴の通うインターナショナルスクールは、もうすでにクリスマス休暇《きゅうか》に入っている。休みに入ってから、鈴はほとんど毎日のようにデートをしていた。

八つも年下の妹の順調な交際を悠莉は半ば本気で妬《ねた》み、羨《うらや》みながら、灰音からのメールをしつこく探した。気づかないうちに受信して見落としているのかもしれないと思ったが、望むものはどこにも見当たらなかった。

受け入れたくないその事実を受け入れた途端、足が急に重くなる。

もう七時が近い。明日、悠莉をマンションに呼ぶ気があれば、もっと早い時間に連絡をくれているはずだ。

やはり、明日の祝日も、そして今週末も、悠莉を無視するつもりなのだろうか。

もしかしたら、この先ずっと——。

灰音は、悠莉とのセックスを「趣味」だと言っていた。

一生続くこともあるだろうが、趣味への情熱とは大抵が一定期間を過ぎれば冷めてしまうものだ。ただ年を取ったという理由で妻への愛情を失くしたあのロリータ趣味の男のように、灰音も悠莉に飽《あ》きてしまい、より興味を惹《ひ》かれる別の新しい性愛人形を見つけたのだろうか。

ふいにそんな考えが湧き起こり、背を冷たい汗が伝い落ちた。

灰音に捨てられるかもしれない、と思うと、胸が潰《つぶ》れてしまいそうな激しい痛みを覚えた。

あの日、悠莉は灰音の変態的な嗜虐《しぎゃくせい》性に腹を立て、自ら灰音のもとを離れた。あんなにひどい抱かれ方をしたのに、それを悦《よろこ》び、腰を振っていた自分の淫乱《いんらん》さが怖くもあった。

だが、今は灰音と会えなくなることを何よりも恐ろしいと感じる。

もう二度と灰音に触れてもらえないなど、耐えられない気がした。

この十日間、心を塞《ふさ》いでいた鬱積《うっせき》が灰音への恋しさへと一変して溢れ出てきて、悠莉は気がつくとタクシーを呼びとめていた。

先に電話をすれば、来るなと拒絶されるかもしれないと思い、連絡はせずに合鍵《あいかぎ》で灰音《はいね》のマンションに飛びこんだ。もう会う気はないと言われても、その場で灰音を押し倒し、縋《すが》るつもりだった。——灰音好みの人形になれるように努力するから捨てないでほしい、と。

しかし、灰音はまだ帰宅していなかった。

リビングのソファの隅《すみ》にコートと鞄《かばん》を揃《そろ》えて置き、その隣で顔を強張《こわば》らせて帰りを待っていたが、灰音を襲って情けを乞《こ》おうとしている浅ましさに、段々と緊張が深くなっていった。

少し迷ったあと、悠莉《ゆうり》はワインセラーを開けた。

酒が入っていたほうが、躊躇《ためら》わずに大胆《だいたん》になれるだろうし、ワインの一本ていどで灰音も怒ったりはしないはずだ。悠莉はすぐ手前にあったムートンを引き抜いてグラスに半分ほど注ぎ、それを一気に呷《あお》った。

手足の先が仄《ほの》かに温《あたた》かくなるにつれ、緊張に奇妙な高揚感《こうようかん》が混ざる。

スーツの上着も脱ぎ、念のために携帯電話のマナーモードも解除し、心臓の鼓動《こどう》が速くなってゆくのを感じながら灰音を待った。

そうして一時間以上が過ぎた頃、ようやく玄関の扉が開く音が聞こえたが、リビングへ入ってきた灰音はひとりではなかった。

「来るなら、連絡ぐらいしろ。こちらにも都合がある」

秀眉《しゅうび》を寄せて冷ややかな声を放った灰音の隣には、やけに綺麗《きれい》な顔をした男が寄り添っていた。

「――す、すみ……」

気が動転し、言葉が出なくなった悠莉のそばへ、男がゆっくりと歩み寄ってくる。

「へえ。これが例のチェリー君？」

灰音との親密さを匂《にお》わせるその声音や姿は優しげで、威圧感《いあつかん》などまったくないのに、近寄られると窒息《ちっそく》しそうなほどの息苦しさを覚えた。

「かまうな」

平坦《へいたん》な声と共に男を一瞥《いちべつ》した灰音は、なぜかコートも脱《ぬ》がずにまっすぐに台所の奥へ向かう。

その背からは刺々《とげとげ》しい苛立《いらだ》ちが発せられており、とても「この人は誰ですか」などと問える雰囲気《ふんいき》ではなかった。

「君さ、聞いていた以上に、本当に紫乃《しの》には似合わない坊やだね」

蔑《さげす》みを通り越し、憎《にく》しみすら感じる挑発的な嘲《あざけ》りに、心臓が抉《えぐ》られたかのように鋭く痛んだ。

灰音が怒りを解いてくれるまで、何度でも、全身を使って謝るつもりだった。嬲《なぶ》られてもいいから抱いてほしい、とそればかりを考えていた悠莉の頭の中からは、灰音に新しい恋人がいる可能性のことなど、すっかり消え去っていた。

だから、灰音が今、愛しているのだろう男を目の前にして、もうとっくに捨てられていたばかりか、性的な未熟さをふたりに嘲笑《ちょうしょう》されていたのだと知り、屈辱《くつじょく》と嫉妬《しっと》と悲しみが胸の中で膨《ふく》れ上《あ》がった。

「——あ、の……」

軋《きし》む心が痛くてたまらず、どうすればいいのかわからなかった。

ひどく混乱する頭で考えついたのは、見たくない現実から逃げることだけだった。

悠莉は来たときと同じように部屋を飛び出て、そこから少しでも遠ざかるためにただ足を動かし続けた。

この前、来たときよりも、家々の庭を飾るクリスマス・イルミネーションが増えているが、さすがに高級住宅街だけあってその光は淡く上品で、そしてどこか冷たかった。

青白く浮かび上がる静かな道をしばらく歩き、少し治まった興奮の代わりに肌《はだ》が粟立《あわだ》つ寒さを感じて、悠莉はコートや鞄を忘れてきたことに気づいた。スーツの上着も携帯電話も財布も、せっかく貰《もら》った二度目のボーナスも、全て置いてきてしまったが、とても取りに戻る気にはなれなかった。

薄いシャツ一枚で寒さに震えながら、合鍵以外の荷物を着払いの宅配便で送ってほしい、とあとでメールをしようとぼんやりと考えた。

こんな時間に灰音の部屋を訪れたということは、あの男は今晩、泊まるに違いないし、ならば灰音も明日はカレンダー通りに休日なのだろうから、捨てられたとは言え、それぐらいのことは頼んでもばちは当たらないはずだ。

――明日は祝日。そして、明後日《あさって》の二十四日は、平日だが金曜日だ。

教習所を卒業したあと、こんなことになるとは夢にも思わずに膨らませていた妄想《もうそう》の予定では、今晩から来週の月曜の朝までの五日間、灰音とずっと一緒に過ごすつもりだった。

あまり喜んではくれないかもしれないが、明日はふたり分の小さなケーキを焼こうと思っていた。甘くなりすぎないよう、生クリームは控《ひか》えめにして、上質のベルギーチョコレートを使おうとそのレシピも用意していた。

そして、仕事のある明後日は灰音のマンションから出勤し、どこも込んでいそうなイブとクリスマスはマンションで巣籠《すごも》りをする代わりに普段よりも豪勢な食事を作り、日曜にドライブに行けたらいいと考えていた。

頭の中に広がる夢の世界に浸《ひた》っていた間は、幸せすぎて体内で自家発電でもしていたのか、一日中身体が火照《ほて》りっぱなしだった。

けれども、現実はあまりに寒々しく、惨《みじ》めなものだった。

愚《おろ》かしい妄想が滑稽《こっけい》でならず、眦《まなじり》に涙が滲《にじ》んだ。

知らないうちに終止符が打たれてしまっていた灰音との恋そのものが、そもそも幻《まぼろし》のようだったと悠莉は思う。甘い言葉を囁《ささや》かれ、愛される悦《よろこ》びを教えられて夢見心地で舞い上がっていたが、よく考えてみれば、灰音に本気で相手にされるはずなどなかったのだ。

悠莉の取り柄《とりえ》と言えば、父親に仕込まれた料理の腕と、多少女受けのする外見くらいだ。だが、それは、美貌《びぼう》と知性と財力を兼ね備え、笑顔ひとつで誰でも虜《とりこ》にでき、その気になればいつでも最高級のレストランで食事を楽しむことのできる灰音のような男には、何の意味も成《な》さないものだ。

きっと、初めて見たと言っていた赤い陰毛が物珍しくて、ほんの気まぐれに食指を伸ばしてみただけに違いない。

だからこそ、悠莉とはセックス以外のことをする気にならなかったのだろう。

一緒に帰って来たのだから、あの男とは食事くらいしてきたはずなのに。

そう思った瞬間、身体中を駆《か》け巡《めぐ》ったどす黒い嫉妬のせいで血が凍《こお》ったような気がして、寒くてたまらなくなった。

情けないが、タクシーを拾って、母親に代金を立て替えてもらおうと思い、しかしすぐに溜め息をついて諦《あきら》める。九時にもなっていないこの時間だと、まだ店から帰ってきていない可能性が高い。

仕方なく、せめてもの暖に自分の腕を抱き、震えながらとぼとぼ歩いていると、背後で車のクラクションが鳴らされた。悠莉は俯《うつむ》き加減に道路の端へ寄る。

そのまま通り過ぎるだろうと思ったのに、ダークカラーの高級国産車がなぜか悠莉の横に並んで停車した。

「乗れ」

助手席の窓が開き、スーツ姿でハンドルを握《にぎ》っていた灰音が命じる口調で短く言った。

驚き、迷ったが、どうしようもなく寒かったので、悠莉は助手席に乗った。

そっとうかがった後部座席には悠莉の荷物が無造作に積まれているだけで、あの男の姿はなかった。


悠莉がシートベルトをしめると、灰音は黙って車を発進させた。

オーナメントパネルもシートも黒で統一されたその空間は暖房でほどよく温められていたが、手足のかじかみがなかなか治まらない。

車は数十メートル進んだ先の赤信号で停車した。

「……あの、運転して、いいんですか？」

おずおずと発した問いに、「いいわけないだろう」と不機嫌な声が返されたとき、後部座席のコートの中で携帯電話が鳴った。

「さっきから、何度もかかってきているぞ。何か、緊急の用じゃないのか？」

そう教えられ、慌てて携帯電話を手に取ると、大伴《おおとも》からだった。

『さっさと出ねえか、馬鹿野郎！』

通話ボタンを押した途端、携帯電話がスピーカーにでもなったのかと思うような凄《すさ》まじい怒声が車内に響いた。

『上司がまだ仕事中なのに、こんな時間から、もう女と乳繰《ちちく》りあってんのか、テメエは！　耶《や》蘇《そ》でもねえくせに、クリスマスだ何だ、浮かれやがって、この非国民がっ』

見当違いの勝手な想像で怒鳴られるのは釈《しゃく》然《ぜん》としなかったが、言い返す気力もなく、悠莉は「すみません」と詫《わ》びる。

「何かご用でしたか？」

『あぁ？　用がなきゃ、かけるわけないだろうがっ。ちったあ、考えてから物を言え、ヌケ作のオレンジボンバーが！』

大伴の用は、明日の休日出勤を命じるものだった。

昨日、遺言《ゆいごん》作成の途中で亡《な》くなった顧客の遺族に複数の愛人やら隠し子やらがいることが判明し、故人の妻や子供たち、愛人らがそれぞれ別の弁護士を雇《やと》い、本格的な遺産相続戦争が勃《ぼっ》発《ぱつ》したらしい。

ちなみに、大伴を雇ったのは、四人の兄弟の中で自分だけが両親から著《いちじる》しく冷遇《れいぐう》され、その慰謝料《いしゃりょう》を法定相続分に上乗せしてほしいと訴《うった》えている故人の三男なのだそうだ。

『裁判まで持ちこまずに早いとこ片をつけりゃ、今年中にあともうひと儲《もう》けできそうな感触《かんしょく》なんだが、ひとりじゃ手が回りそうにないから、お前も手伝え。明日の朝、七時に事務所へ来い』

慰謝料を請求《せいきゅう》するのにも時効というものがある。それに、悠莉の知る範囲では、夫婦を除いた家族間での慰謝料請求は成功しないことが多い。しかし、大伴は自信ありげな口ぶりなので、何か有効な交渉《こうしょう》材料をすでに手にしているのだろう。

どうせ、明日は何も用がないのだ。家の隅《すみ》で膝を抱《かか》えているよりは、すっかり慣れ親しんでしまった大伴の怒声を浴びているほうが心が休まる気がして、悠莉は了承《りょうしょう》の返事をする。

『ああ、それから、さっき、言うのを忘れてたが、灰音――じゃねえ、草壁留美《くさかべるみ》から腹の子供のことでお前と話がしたい、って妙に深刻な声で電話があったぞ。お前、これからの手続きのこと、ちゃんと説明したのか？』

「え。はい、何度もしましたし、留美さんも納得されているふうでしたが……」

これまで留美は相談があるときには、悠莉の携帯電話に直接、連絡を入れていた。

普段と違う行動を取ったのは、何か予想外の問題でも発生して、慌てていたのだろうか、と心配になる。

『ま、とにかく、もう一回、説明してこい。そっちは、二十四日の十八時に、オルトリッジ・ホテルのラウンジだ。わかってるだろうが、女よりも客を優先しろよ。デートの時間を気にして、客に不快感を与えるようなそわそわ、ふよふよした態度を取ったりするんじゃねえぞ』

そんな心配は無用だ、と言いたいのを堪《こら》え、悠莉は「わかっています」と返事をする。

『明日は忙しくなるからな。ヤるのは一回にして、俺の手駒《てごま》になる体力は温存しとけよ」

大伴のその言葉で、ふいに、もう灰音と抱き合うことはないのだ、と改めて思うと気が重く沈《しず》み、「はい」と答える声まで澱《よど》んでしまう。

『あー？　えらく嫌そうな声じゃねえか、おい。もし、俺の忠告を聞かずにヤりまくって、明日、使いものにならなくなってたりしてみろっ。さっきやったボーナス、取り上げるからな！』

とどめの一撃のような咆哮《ほうこう》を放って電話を切った大伴の大声は、ほとんど全て漏《も》れ聞《き》こえていたのだろう。

相変わらず、君のボス弁には品性の欠片《かけら》もないな、と灰音が嫌悪を露《あら》わにする。

「でも、その代わり、知性は人の何倍もありますよ」

「悪知恵の間違いだろう」

信号が青に変わって車が再び発進し、会話はそれで途切れてしまった。

詳《くわ》しい住所までは言っていないが、以前、悠莉の住むアパートの最寄り駅は二駅隣で、強豪吹奏楽部《きょうごうすいそうがくぶ》が有名な商業高校の近くだと話したことがある。だから、大体の場所がわかるのか、灰音は悠莉に何も尋ねずに迷いなく車を進める。

灰音は意地が悪いし、性格も歪《ゆが》んでいる。だが、とても優しい。

捨てた男とはいえ、荷物を全て忘れてシャツ一枚で飛び出していったあまりの馬鹿さ加減を見かね、最後の情けとして、アパートまで送るためにわざわざ追いかけてきてくれたのだろうか。

——初めから身体だけが目的の、遊びのつもりだったのか。灰音が悠莉に価値を見出《みいだ》していたただひとつのことだったセックスを、嘘をついて拒《こば》んだあげく、勝手に帰ったことで愛想《あいそ》が尽《つ》きたのか。あの男とはいつから付き合っているのか。

確かめたいことはあとからあとから頭の中に湧き起こってくるが、予想のつくその答えを灰音の口から聞かされるのが怖くて、言葉が出なかった。

ひとつ呼吸をするたび、胸の奥の澱《おり》が一段重なってゆくような車内の沈黙が気づまりで、悠莉は留美に何か異変があったのかと尋ねるメールを送った。

数分、俯いて携帯電話を見つめていると、返信が来た。

深刻なことじゃないけど、先生に聞いてもらいたい大事な話があるから、よろしくね、と書かれていた内容を読み、安堵《あんど》したとき、灰音が車の速度を緩《ゆる》めた。アパートの近所に来たのかと思い、顔を上げたが、そこは首都高速の入り口の料金所だった。

「……あの、どこへ行くんですか？　俺の家、こっちじゃないんですけど……」

「着いたらわかる」

素《そ》っ気《け》ないその声音から、行き先を教える気がないとわかり、悠莉は黙ってシートに身を沈《しず》めた。

まさか、どこかの山中へ連れこまれて埋《う》められるようなことはないだろうと思いつつ、緊張して車窓を見遣《みや》る。神奈川《かながわ》方面へ向かう車は二十分ほどで高速から国道へ出て、多くの工場がひしめく川崎港《かわさき》で停まった。

辺りに人気《ひとけ》はまったくないが、工場は夜も稼働《かどう》しているらしく、白や金赤色の明かりが一面に煌々《こうこう》と灯《とも》っていた。

色とりどりの光に照らされ、剝《む》き出《だ》しの鉄階段や、夜空に向かってもうもうと水蒸気を吐《は》き出《だ》す煙突、うねって複雑に絡み合う無数の配管、そして異様な大きさのタンクやプラントが、空と海の黒が混ざり合う闇《やみ》の中に浮かび上がっている様はひどく不気味で、まるで異空間のようだった。

どうしてこんな場所に連れてこられたのか、その理由がわからなかった。もしかしたら、山ではなく、海に沈められるのだろうか、と自分でも馬鹿馬鹿しく思いながらも、ぼんやりとそんなことを考えたときだった。

一番手前に見える工場の煙突《えんとつ》から、巨大な炎《ほのお》が凄まじい勢いで噴《ふ》き上《あ》がった。

火山の噴火にも似た、虹彩《こうさい》が焼かれてしまうかのような恐怖を覚える強烈なまでの激しさに、悠莉は肩を震わせた。

「――え？　ば、爆発？　通報――通報しないとっ」

言いながら、焦《あせ》るあまり携帯電話を足元に落としてしまう。

慌てて拾おうと手を伸ばしかけたが、突然、シートベルトを外した灰音の身体が覆《おお》い被《かぶ》さってきたかと思うと、指先で顎《あご》を軽く持ち上げられた。

「君は本当に常識というものがないな。あれは爆発じゃない。燃焼塔《ねんしょうとう》で可燃性のガスが燃やされているだけだ」

呆《あき》れたというより、どこか面白《おもしろ》がっている声音でそう説明し、灰音は悠莉の顎を持つ指先を肌の上で遊ばせる。

「……だ、だけど、あんなに大きいの、に……っ」

頤《おとがい》の線を優しくなぞられ、その感触に首筋が粟立って声が細く掠《かす》れた。

「炎は、ある種の生き物だ。燃焼塔から噴き上がる炎は、常にその姿が違う。大きいときもあれば、小さいときもある」

「……そう、なんですか？」

そうだ、と淡く笑んで、灰音は唇を重ねてきた。わけがわからないまま、反射的に薄く開いた歯列を割って熱い舌が潜《もぐ》りこみ、口蓋《こうがい》をくすぐった。

「ふっ……う……」

絡められた舌を強く吸い上げられて肌が火照り、下肢《かし》が疼《うず》き始《はじ》める。

甘く施《ほどこ》される愛撫《あいぶ》に理性が溶かされてしまう前に、悠莉は灰音の胸を押しやって抗《あらが》う。

「——っ、な、何で、キスするんですか……」

灰音が自分だけのものになってくれるのならば、性具として嬲られても、どんな変態的なセックスをされてもかまわない、と覚悟をしていた。

だが、二番目や三番目の愛人として、あの男との扱《あつか》いの差を知るたびに嫉妬に狂わされるくらいなら、きっぱりと別れてしまいたいと思う。それなのに、何番目の愛人でもいいから、灰音と繋《つな》がっていたいと叫ぶ心の声がそれを即座に拒絶する。

自分自身の気持ちなのに、矛盾《むじゅん》するその感情の真意が理解できない。

ただ苛立《いらだ》ちばかりが大きくなり、涙がこぼれそうになった。

「その質問には、以前、答えたはずだし、同じことを何度も言うのは好きじゃない、とも教えただろう」

「……それって、意味がよくわかりません」

眦に溜まった涙を手の甲で拭《ぬぐ》い、悠莉は灰音を睨《にら》む。

「灰音さん、もうとっくに俺のこと捨てて、さっきの人と付き合ってるんでしょう？」

何だ、それは、と灰音は不可解そうに眉《まゆ》を上げる。

「いったい、君の頭の中にはどんな妄想世界が広がっているんだ？」

「だって、灰音さん、全然、連絡くれなかったじゃないですか！　それに、さっきの人と俺のこと、嗤《わら》ってたんでしょう、ど、童貞《どうてい》だってっ」

胸の中で黒く渦《うず》を巻くものを言葉にした瞬間、それは次から次へと連《つら》なってこぼれ出てきて、止まらなくなってしまった。

「だ、大体、最初っから、俺とは遊びだったんでしょう？　ちょっと、赤毛が珍しかっただけなんですよねっ」

気の昂《たか》ぶりに任せて、悠莉は拳《こぶし》を灰音の胸に強く打ちつける。

「だから、あの人とはちゃんとデートしてるくせに、俺とはセックスしかしてくれなかったんでしょうっ。俺のこと、生きたダッチワイフぐらいにしか思ってくれてないから、あんな、ご、強姦《ごうかん》みたいなひどい抱き方も平気ででき――っ」

ふいに、骨が軋むほどの強い力で灰音の胸に抱きこまれ、一瞬、息が詰まった。

「悠莉、少し落ち着け」

言って、灰音は腕の力を緩める。

「まったく、いったい、何をどう曲解したら、そんな馬鹿げた結論に辿《たど》りつくんだ？」

「ば、馬鹿げたって、全部、灰音さんが」

放ちかけた憤《いきどお》りを、「悠莉」と名を呼ばれて遮《さえぎ》られる。

「猿轡《さるぐつわ》をされたくなかったら、黙って私の話を聞け」

「……猿轡なんか、持ち歩いてるんですか？」

「代用品になるものはいくらでもある」

溜め息混じりにそう答え、灰音は悠莉の左の耳朶《じだ》をきつく抓《つね》る。

「――痛っ」

「いいか、悠莉。今度、私の話に妙な茶々を入れたら、本当に縛《しば》り上《あ》げるぞ」

ただの脅《おど》しではないことがはっきりとわかる口調で告げられ、寒気にも似た奇妙な疼きが背を駆けた。

「君の逞《たくま》しい妄想をいちいち訂正するより、もう笑ってしまいたい気分だが、一応答えておくと、私は遊びで君に手を出したわけではないし、別れたつもりもない」

言いながら、灰音は宥《なだ》める手つきで悠莉の髪を撫《な》で梳《す》く。

優しく指を動かされるたび、まるで魔法でもかけられているかのように、心に不安や苛立ちを広げていた波が凪《な》いでいった。

「それから、デートを断ったのは、君とはセックスしかしたくないと思っているからじゃない。もちろん、余暇《よか》は最大限、そのために使いたいが、する、しないに関係なく、私は休日は君とふたりきりで過ごしたい。誰にも邪魔されない、君とふたりだけの時間が、私にとっては何よりの休息だからな」

頭上で柔《やわ》らかく響く穏やかな声が、静まった心に喜びを芽吹かせてゆく。

見上げた灰音の眼差《まなざ》しは真摯《しんし》で、これまでのように、適当にごまかしてあしらっている様子はまったくなかった。

「こう言うと、君は愛人のようだの、愛玩品《あいがんひん》だのとまた怒るかもしれないが、これが私の偽《いつわ》りのない本心だ。そんなものを必要とすることなど、この先、一生ないだろうが、もしセックスだけが目的の愛人や愛玩品を持つとしたら、少なくとも、拗《す》ねられるたびにこうやって機嫌を取らねばならない面倒な者ではなく、金で全てを割りきることのできる者を選ぶ」

単に家まで送ってくれるだけなのかと思っていたのに、灰音は悠莉が行きたいとねだった海へ連れてきてくれた。万が一、事故でも起こせば官僚《かんりょう》生命が危うくなるにもかかわらず、悠莉の願いを叶《かな》えてくれたのだ。

それを申し訳なく思うと同時に、灰音にとっての自分の価値を教えられたことで心が浮きたった。

気がつくと、悠莉は邪魔なシートベルトを外し、灰音の胸にしがみついていた。

「あの、発言してもいいですか？」

「許可しよう」

「ドライブも、一応、ふたりきりの範疇《はんちゅう》に入ると思うんですけど……」

「まあ、そうだな」

「だったら、どうしてあんなに怒ったんですか？　教習所に通っていることを隠して、仕事で忙しいふりをしたのは、確かに嘘と言えば嘘ですけど、でも……」

諍《いさか》いのそもそもの原因になったことでもあるので、慎重《しんちょう》に言葉を選んでいると、「あれは、私が大人げなかった」と灰音が小さく苦笑いした。

「だが、腹を立てたくもなるぞ。君が毎晩、身体を夜泣きさせて私を待ちわびているだろうと思ったから、鞭《むち》を振るって部下たちを散々脅し、せっかく仕事を早く片づけたのに、結局、その努力は無駄に終わったんだからな。私は、部下から恨《うら》まれ損だ。それに、私より先に、あの下品な男を隣に乗せたと聞かされて、面白《おもしろ》いはずがないだろう」

「そ、そんなことで怒ってたんですか？」

「私も人間だ。八つ当たりもすれば、嫉妬もする」

「……嫌だって言ったのに、俺を無理やり抱いたのも、だからなんですか？」

「私の努力を無にした君への仕置きだ」

尊大な口調でそう言い、灰音は艶然《えんぜん》と色めく美しい笑みを悠莉に向ける。

「だが、仕置きのはずが、途中からは私が君の若い性欲に奉仕《ほうし》する羽目になっていたがな」

「——なっ、……お、俺、あの夜の灰音さん、すごく怖かったんですよっ。されたことだって、本当に嫌だったし、俺……、ほ、本気で傷ついたんですからっ」

揶揄《からか》われた憤りと恥ずかしさから声を高くした悠莉の顔を、灰音は少し不思議そうな表情で見つめた。

「もしかしたら、君が黙って帰ったのも、連絡をしてこなかったのも、それが原因か？」

「あ、当たり前でしょう。何だと思ってたんですか！」

「ドライブを断わられて、むくれているだけかと思った。本気で怒ったり、傷ついたりしている人間は、普通、食卓の上にトイレの掃除を命じるメモや洗剤を置いていかないからな」

灰音は、指先に悠莉の髪の毛をくるくると巻きつけ、弄《もてあそ》びながら言う。

「……あれは、だって、ああしないと、灰音さんが家政婦さんに掃除をさせるんじゃないかと思って、その……」

間違ったことはしていないはずなのに、何だか自分の行動が急にとんでもなく間の抜けた、恥ずかしいものに思え、悠莉は赤く染まった顔を伏せた。

デートをしてくれなかったのも、強姦まがいの凌辱《りょうじょく》を受けたのも、その理由は想像していたものとはまったくかけ離れていた。

悠莉は全身から一気に力が抜けてゆくのを感じ、灰音の肩に縋りついた。

「灰音さん、俺のこと、まだ好きですか？」

「嫌いになる予定は、特にないが」

「ちゃんと答えてください」

声を震わせて首を抱く腕に力を込めると、「愛している」と前髪の上からこめかみに口づけられる。

「もっと……」

ねだればその数だけ愛の言葉とキスが与えられ、いつの間にか悠莉は灰音の膝の上に跨《またが》り、舌と唾液《だえき》を絡ませ合っていた。

「……ぁ、ふ……んっ」

ふいに、口腔《こうこう》から灰音の舌が離れてゆく。まだ物足りず、美しい白皙《はくせき》に顔を寄せると、濡《ぬ》れた唇に親指を押し当てられた。

「悠莉。私は、この三ヵ月で、百回は君に愛していると言っているぞ。いつまで待てば、君からの一言を聞けるんだ？」

「……猶予《ゆうよ》期間は、まだずっと先まであるはずでしょう？」

悠莉は目を泳がせて言い、灰音の口が開く前に「それより、さっきの人、誰ですか」と問い、話題を逸《そ》らした。

「俺を捨てたんじゃないんなら、どうしてあの人、マンションに来たんですか？　それに、俺が、ど、童貞だってこと、何で知ってたんですか？」

「童貞？」

「……俺のこと、チェリー君って呼んだじゃないですか、あの人」

「ああ。あれはべつに、君の童貞を揶揄って言った台詞《セリフ》じゃない」

灰音は、薄く笑んでそう告げる。そして、悠莉を抱えたまま上体を少しずらして助手席前のグローブボックスを開け、中から小さな箱を取り出した。

なめらかな天鵞絨《ビロード》張りのその箱を渡され、開けてみると、銀の指輪が入っていた。

上下に二本のラインが入っただけの、仕事中にしていても差し支えのないごくシンプルなものだ。だが、その内側には、花弁の部分に赤い石が埋《う》めこまれた繊細《せんさい》な椿《つばき》の花と、「My dear cherry red」の文字が刻まれていた。

「――あの、これ……、どうして……」

「君は、私が君を単なる愛人のように扱っていないことの証拠が欲しいんだろう?」

灰音は指輪を箱から抜き取り、驚いて目を瞠《みは》る悠莉の左手を持ち上げる。

「ただし、これが欲しいなら、一生、童貞のままでいる、と誓《ちか》ってもらうぞ」

ひどく甘い声音が、耳元で「誓うか?」と囁くように問う。

心も体も、そして細胞のひとつひとつまでもが嬉しさにうち震え、ざわめいている。そのせいで縺《もつ》れそうになる舌を懸命《けんめい》に動かし、悠莉は「誓います」と答え、頷《うなず》く。

すると、小さなキスをされ、左手の薬指に指輪が嵌《は》められた。

「……灰音さんも、死ぬまで、俺の――俺だけのものでいてくれるんですよね?」

「ああ、君だけのものだ」

静かに、だがはっきりと返されたその言葉が、身体の奥深くにまで響きわたる。

どちらからともなく近寄せた唇を重ね、深く、何度も口づけた。

「ん、……ぁ」

何日ぶりかわからない、心ゆくまでのキスを堪能《たんのう》し、悠莉は灰音の胸に上気した頬を埋《うず》めた。

「……俺のこと、嫌いになったんじゃないのに、どうしてずっと連絡くれなかったんですか?」

「テーブルの上に置かれていたのがマンションの合鍵なら、すぐに追いかけただろうが、トイレの洗剤や雑巾《ぞうきん》では、それを見て、君の深刻な気持ちを理解することなどできなかったからな」

灰音は悠莉の頬を指先で撫でるようにくすぐり、淡く苦笑を漏らす。

悠莉が灰音からの謝罪《しゃざい》を待っていたように、灰音もまた、悠莉の反省を待っていたらしい。

悠莉が黙って帰った理由をドライブを断られての癇癪《かんしゃく》だと思い、どうせ二、三日もすれば、悠莉のほうから自分の軽はずみな行動を悔《く》い、灰音の顔色を窺《うかが》うメールでも送ってくるだろう、と考えていたのだ。

だが、週末になっても何の連絡もなかったことで、そこまでしつこく腹を立てているのか、と呆れつつ、悠莉のその子供っぽさを愛《いと》おしく思い、年上の自分が折れてやることにしたのだ、と灰音は言った。

「今週末はちゃんと来るように電話をするつもりだったが、この土日は一応休日とはいっても、仕事の都合で自宅待機になった。だから、また君に、クリスマスなのにどこにも行かないのは恋人じゃない、などと臍《へそ》を曲げられないよう、その埋め合わせを考えてみたが、気に入ってくれたか？」

「嬉しいですけど、でも、もっと早くに電話をもらえるだけで、よかったです。黙って消えた俺が言うのも何ですけど、灰音さんが連絡をくれない理由がわからなくて、嫌われたかと思ってましたから……」

灰音の胸の中でぼそぼそと呟くと、「まったく、君は扱いが難しいな」と苦笑混じりの溜め息が落ちてきた。

「君は少女趣味的なことが好きそうだから、何も知らせず、当日に呼んで、驚かせたほうが喜ぶかと思ったが」

「俺は、灰音さんと恋人らしいことがしたいだけで、べつに少女趣味なわけじゃないですよ」

抗議しつつも、灰音の気持ちが嬉しくて、悠莉はその胸に強く頬を擦《こす》りつけた。

「……さっきの人、この指輪を作ってくれた人なんですか？」

ああ、と灰音は頷く。

あの男は、デザインから仕上げまでの全ての工程をひとりでこなす銀細工《ぎんざいく》職人で、留美の幼《おさな》馴染《なじ》みなのだそうだ。

一緒に帰ってきたのはデートをしていたからではなく、ただでさえ一年のうちで最も忙しいこの時期に無理な注文をした代償《だいしょう》に、指輪の代金とは別に、灰音の秘蔵のワインを渡す約束をしていたからだった。

灰音の新しい恋人でないことがわかって安心はしたが、まだ疑問がひとつ残っていた。

「俺は灰音さんには似合わない、って笑われましたし、何だか、こう……敵意みたいなものを感じた気がしました。あの人、灰音さんの事情を全部、知ってるふうでしたけど、もしかして、昔、付き合ってたんですか？」

その質問に、灰音は「気色の悪いことを言うな」と眉をきつくひそめた。

「私の注文のせいで、三日ほど徹夜《てつや》だったそうだから、気が立って、徹夜の原因の君に当たっただけだろう。途方もなく性根《しょうね》のねじ曲がった男だからな。それに、『似合わない』と言うのは、君が私に、ではなく、私が君に、という意味だと思うぞ」

「灰音さんが俺にって……、それ、どういう意味ですか？」

「そのままの意味だ。あの男は私とは反《そ》りがまったく合わないが、留美とは親友だ。どうせ、留美から、君のことを、毒蜘蛛《どくぐも》のように腹黒い私にはもったいない、可愛《かわい》らしい赤毛の坊やだ、とでも聞かされていたんだろう。指輪《それ》を注文したときも、そんなことを言っていたから、会わせたくなかったのに、君は来るタイミングが悪すぎる」

眉間《みけん》の皺《しわ》を深くして言った灰音は不愉快《ふゆかい》そうだったが、その言葉から本気の嫌悪は感じられなかった。

無理な注文を徹夜をしてまで引き受けてくれる仲なのだから、性格のあまりよろしくない者同士、実は気の合う「類友」なのではないか、と思った。けれども、その疑問は口には出さないでおくことにして、悠莉は「すみません」と笑いを堪えて詫びた。

「君が拗ねていた理由は、私が考えていたものとは違っていたようだが、とにかく、これで機嫌は直ったか？」

灰音の胸に顔を寄せたまま、悠莉は小さく頷いた。

「だけど、もう、あの夜みたいなことは、しないでください。俺、嫌でした、すごく……」

「君が嫌がることは、二度としない。約束する」

髪を梳いていた指が下へ潜り、そっと首筋を這《は》う。その優しい愛撫に、下肢が甘く疼いた。

キスがしたくなって顔を上げると、灰音の美しい顔に、酷薄《こくはく》さを溶かして煮こんだような意地の悪い笑みが浮かんでいた。

「だが、何をされるのが嫌だったのか、具体的に教えてもらわないと、約束は守れないぞ」

言いながら、灰音はワイシャツの上から悠莉の乳首を捏《こ》ね潰《つぶ》した。

「やっ」

「犬の格好が嫌だったのか？」

「ち、違っ」

キスを繰り返すうちに芯《しん》を持って勃《た》ち上《あ》がっていた胸の尖《とが》りを指先で揉《も》まれ、切ない疼きが腹部を伝って下肢へと広がった。

「ああ、そうだった。君は、後ろから、少し乱暴に突かれるのが、一番、好きなんだったな」

低く笑う灰音の爪《つめ》が乳首にめりこみ、小刻みに揺らされる。

「あっ」

背筋を疼痛《とうつう》が駆け、高く跳ねた腰が発火したように熱くなる。

「後ろから揺すられると、初めてのときを思い出して、興奮するのか？」

「そんな、じゃ……。あ、ま、待って」

ふいに乳首から離れた指にネクタイを抜き取られ、悠莉は狼狽《うろた》える。

「こ、ここ、外……、外ですよ。見られたら、俺たち、捕まります」

「大丈夫だ。こんな時間に誰も来たりしない」

周囲は廃墟《はいきょ》を思わせるほどに静まりかえり、確かに人気はないが、だからと言って、身体を繋いでいい場所ではない。

「だけど、ここはちょっと……。灰音さんのマンションに帰りたいです」

「駄目だ。今晩はまだ仕事が残っていて、ゆっくりできない。戻る時間を考えたら、残りはあと三十分ほどだ。君が嫌ならしないから、どうするか、君が選べ」

柔らかに艶めく声音で、灰音は選択を迫《せま》る。

下肢では、灰音の愛撫を求める茎《くき》が、もうすでに硬く張り詰めてしまっている。

マンションで抱いてもらえるのならば、移動する時間くらいは我慢できる。だが、愛し合わずにこのまま別れるのは耐えがたかった。

「あの、でも……、こんなところでするのは、は、恥ずかしい、です」

「だから、嫌なら無理強《じ》いはしないと言っている。早く、決めろ」

灰音は笑い、ワイシャツの布ごと悠莉の乳首を引っ張った。

「——あうっ」

高く上がった声と共に、茎の先端からじわりと蜜《みつ》が漏れ出て、下着を濡らしたのがわかった。

「嫌なのか、嫌じゃないのか、どっちだ？」

「──嫌じゃ、ない、です……。だけど……」

身体の疼きに逆《さか》らえず、悠莉は細く声を震わせる。

「恥ずかしいから、どうにかしてほしいのか？」

そう問われ、小さく頷いた悠莉の頬を撫で、灰音が「わかった」と微笑する。

「外が見えなければ、恥ずかしくないだろう？」

「……ええ、まあ」

甘すぎる笑顔に不安を覚えて上半身を退《ひ》くと、「目を瞑《つぶ》れ」と命じられる。

つい反射的に従うと、おそらくネクタイだろう長い布で、目隠しをされた。

「外したら、そこで終わりにするぞ。ちゃんと最後までしてほしければ、そのままにしていろ。いいな」

「──はい」

躊躇う理性を押しのけて、本能が従順な返事をしてしまう。

いい子だ、と褒美のキスを優しく与えられた嬉しさで、茎がまた熱を帯びた。

見えない灰音の手に、ワイシャツのボタンがゆっくりと外されてゆく。

「それで、君はあの夜、私に何をされたのが嫌だったんだ？」

露《あら》わになった胸の粒《つぶ》を尖らせた舌で転がされ、腰が揺れた。

「あ、ぁ……あっ」

「こうやって、乳首を舐《な》められるのが嫌だったのか？」

「違、います……っ」

「なら、何だ？」

爪先で胸の尖りを弾《はじ》いた指が、今度は下肢へと移り、スラックスと下着を脱がされた。

剝き出しになった脚の位置を自ら調整し、膝立ちの格好で灰音と向かい合うと、薄い臀部《でんぶ》の肉を弧《こ》を描くように荒く揉みしだかれた。

「こういう場所で見ると、赤毛はもちろんだが、肌の白さや、勃起《ぼっき》したペニスの色がいっそう淫靡《いんび》だな」

「あ、ぁ……」

尖りきった乳首と、そそり立って震える茎。しっとりと濡れた叢《くさむら》や陰嚢《いんのう》、そしてその奥に潜《ひそ》む蕾《つぼみ》。目隠しをされていては灰音の指や舌が次にどこへ向かうのかわからず、それだけでひどく興奮してしまい、ひくつく鈴口《すずぐち》から雫《しずく》がとろりと垂《た》れた。

「……っ」

「悠莉。ほら、早く言え。君の嫌なことを私がひとつひとつ確かめていたら、それだけで時間が来てしまうぞ」

開いた腿《もも》の内側をくすぐる指に促《うなが》され、悠莉は「トイレと、体温計」と細く声を落とす。

「トイレの何がだ？　トイレでは、色々したぞ」

掌《てのひら》に陰嚢を載せ、灰音は笑う。

「——だ、出すのを、見られるの、が……」

ただ掌の上で転がされるだけの刺激が、じれったくもどかしい。

腰を揺らして蜜の袋を擦りつけると、甘美な心地よさが少し強くなる。さらなる快感を欲する身体の命じるままに、悠莉は自ら腰を大きく回した。

「精液と尿《にょう》のどちらを？　両方か？」

そう問う灰音の声は、ひどく愉《たの》しげだった。

「尿の、ほう……」

「なら、射精《しゃせい》をするところは見てほしいのか？」

「そ、そういうわけじゃ……」

「だが、嫌じゃないということは、見られたら嬉しいということだろう？」

執拗《しつよう》に卑猥《ひわい》な問いを重ねられ、頭の中で羞恥《しゅうち》が大きく弾け飛ぶ。

思考が上手《うま》く働かなくなり、段々と灰音の言葉が正しいことのように思えてきた。

「た、多分……、あの、す、少し、だけ、なら……」

詰まる声で小さくそう返事をすると、灰音は「そうか」と笑って弄んでいた陰嚢を離した。

「体温計は、どうして嫌だったんだ？」

勃起の先端のぬめる秘裂を爪でくじられて背に電流が走り、悠莉は高い嬌声《きょうせい》を上げた。

「あぁっ」

「最初は多少痛くても、ここはすぐに気持ちよくなっただろう？」

ぐりぐりと引《ひ》っ掻《か》くように擦《こす》り撫でられる快感に、閉じられなくなった先端の孔《あな》から蜜が止《と》め処《ど》なく溢《あふ》れ出《で》てくる。

「だ、だって、灰音さん、む、無理やり……あ、ぁっ」

「無理やりでなければ、いいのか？」

そう問われると当時に、右の乳首が引っ張られた。

「――やぁっ。だ、駄目っ」

胸と茎を乱暴に嬲られ、肌の下で脳を眩《くら》ませる歓喜が滾《たぎ》る。

悠莉は、嫌、駄目、と繰り返し、悶《もだ》えながら首を振った。

「なぜだ？　紙縒《こよ》りや綿棒なら、君はいつも、よがって悦ぶじゃないか」

尿道の粘膜《ねんまく》を擦られるあの疼痛《とうつう》は、確かに眩暈《めまい》がするほど気持ちいい。

朦朧《もうろう》とし始めた頭で、あのとき何が嫌だったのかを懸命《けんめい》に考えたが、よく思い出せなかった。

「悠莉、答えろ」

「──あ、ぁ……。す、水銀っ。割れる、からっ」

胸の突起を抓り上げられて答えを急《せ》かされ、悠莉は脳裏を過《よぎ》った言葉を咄嗟《とっさ》に拾い上げた。

「ああ、なるほどな。尿道で割れるのが怖かったのか？」

優しく問いかける声に、悠莉は何度も頷きを返す。

「それは、悪かった。次は、ちゃんと割れないものを選んでやるから、安心しろ。太さと長さは、あの体温計と同じくらいのものがいいか？」

そんなはしたない要求をしたかったわけではないのに、耳元で響いた艶《つや》めかしい声に誘われるように、悠莉は「はい」と返事をした。

「なるべく早く、用意してやろう」

悠莉の頬を撫で上げ、灰音は「少し向こうへ身体をずらせ」と命じる。

その手に導かれ、助手席のシートへ横向きに上半身を伏せ、灰音の膝の上に載せた腰を高く掲《かか》げた直後、割られた双丘《そうきゅう》の奥に吐息《といき》とぬめる舌を感じた。

「──ひぁっ」

指で広げられた窄《すぼ》まりに唾液を流しこまれながら襞《ひだ》を舐められ、凄まじい羞恥と快感に全身が慄《おのの》いた。

「や、やめてっ。汚《きたな》い……。あ、あぁっ」

茎や陰嚢なら、何度も舐められた。けれども、蕾に口淫《こういん》を受けたのは初めてだった。

細長い指や、逞しい屹立《きつりつ》とは異なる、柔らかに蠢《うごめ》く舌に襞を潤《うるお》され、悠莉は激しい狼狽《ろうばい》を覚えながらも、瞼《まぶた》の裏が白むほどの悦楽を感じて喘《あえ》いだ。

「嫌、い、やぁっ。あ、ぁ……、やっ」

拒絶の言葉とは裏腹に、悦びにうち震える悠莉の下肢をしっかりと押さえつけ、灰音は熱い舌で丹念に襞を舐めほぐし、唾液を塗りこめる。

「あ、あぁ……。や、ぁ……」

卑猥《ひわい》に粘《ねば》る水音が耳に届くたび、頭がおかしくなりそうだった。

内部にぬるぬると潜りこんでくる舌に濡れた媚肉《びにく》を舐め啜《すす》られ、迫《せ》り上《あ》がってくる焦燥感《しょうそうかん》と疼きに腿が引《ひ》き攣《つ》った。

「だ、めぇ……。灰音さん、も、やぁ……っ」

ネクタイの下の眦からも、弾ける寸前に硬く膨らんだ茎の先端からも涙を溢れさせ、腰を揺すって悶《もだ》え啼《な》いていると、ふいに後孔を苛《さいな》んでいたぬめる感触が消えた。

「……は、ぁ……」

頭の中を掻き回す苦しみから解放されたことに安堵《あんど》を覚える一方で、捉《とら》えかけていた極《きわ》みを取り上げられてしまった虚《むな》しさが胸に広がる。

その不思議な感覚に肩を浅く上下させていたとき、運転席のシートが倒れる気配と共に微《かす》かな金属音が聞こえた。

そして、腕を引かれて身体を起こされ、また向かい合って灰音の脚を跨《また》ぐ格好にされる。

「そのままゆっくり腰を下ろせ」

添えられた手に導かれて腰を落とすと、潤んだ蕾の入り口に硬い灼熱《しゃくねつ》を感じた。

「――あっ、あ、……あ、うっ」

太い猛《たけ》りが内壁を押し広げる圧迫感に息が詰まり、悠莉は眉を寄せた。

だが、灰音の舌で柔らかくほぐされ、熟《う》れた媚肉《びにく》は、脈打つ怒張《どちょう》をまるで吸いこむように内《ない》奥《おう》へと貪欲《どんよく》に受け入れた。

「……灰音さん、これ、取って。取って、ください」

熱い屹立を根元まで呑《の》みこんだ悠莉は、自分の手では取ってはならないネクタイを灰音の胸に擦りつける。

「外が見えたら、恥ずかしいんだろう？」

「でも、灰音さんを見て、したい、です」

「ころころと気が変わるな、君は」

笑いを含んだ声で言って、目隠しを外してくれた灰音は、寛《くつろ》げたそこ以外、三つ揃いのスーツをどこも乱してはいなかった。

紳士然として美しい灰音の上にシャツをはおっただけの格好で跨り、赤く膨張《ぼうちょう》した胸の粒や性器を曝《さら》け出《だ》している自分の姿の淫《みだ》らさに、悠莉はひどく興奮し、目の前の逞しい肩に縋る。

「早く、動いて」

内部の雄《おす》をきつく食い締め、悠莉は灰音の律動《りつどう》を誘う。

眩暈がしそうなこの羞恥を、理性を溶かす快楽の渦の中に沈めてほしかった。

悠莉のその願いはすぐに叶えられ、熱に潤んだ媚肉を太い猛りが激しい勢いで穿《うが》ち始《はじ》めた。

「あ、あ、やぁ……あぁっ」

奥深くへ猛りを突き挿れられては、襞が引き攣る勢いで引き抜かれ、また一気に貫《つらぬ》かれる。

そんな荒々しい抽挿《ちゅうそう》を幾度《いくど》も繰り返され、結合部から身体を焼き裂くような官能の炎が噴き上がる。

悠莉は嬌声とも悲鳴ともつかない高い声を放ち、背を仰《の》け反《ぞ》らせた。

「あぁ、あ、や、や……っ」

自ら揺すり立てていた腰を摑《つか》まれ、大きく円を描くように左右に回される。

内壁を深く、強く攪拌《かくはん》されるとたまらなく気持ちがよく、溢れてきた悦びの涙で目の前が霞《かす》んだ。

「あ、……いいっ。や、ぁっ」

瞼の奥でぱちぱちと弾ける甘美な快感の火花を追って腰を振り続けながら、悠莉は灰音の肩口に額を擦りつけて啜《すす》り泣《な》いた。

「あぁ、あ、あっ。灰音さん、灰音さんっ」

灰音を呼ぶと、それに呼応して柔壁がいっそう力強く突き上げられる。

「や、や、やっ。あぁ……」

「もう、いきそうか？」

「いく……いっちゃうっ。駄目、もう、駄目っ」

押し寄せてくる快楽の波に意識を呑まれかけ、悠莉は背を撓らせて叫ぶ。

すると、ふいに性器を柔らかな布で包まれ、蕾を穿つ楔《くさび》がその動きを緩やかにした。

「君の射精ショーはこの次、じっくり見てやるから、漏らさないように、押さえていろ。いいな」

額に一筋、前髪を崩し落とした灰音が、聞いているだけで酩酊《めいてい》しそうな濃い色気を宿した声で命じる。

「――押さえてます、からっ。もっと、ちゃんと動いてっ」

淫らな願いを迸《ほとばし》らせた直後、濡れそぼって収縮《しゅうしゅく》する粘膜を、肉の楔に深く抉られる。

「あぁっ！」

愉悦《ゆえつ》の凝《こご》る位置ばかりを激しく擦り潰され、悠莉はあっけなく陥落《かんらく》するほかなかった。

「……あ！　あ、あぁ……」

激しく収斂《しゅうれん》する蕾の媚肉を大きな動きで捏ね突かれながら、灰音のハンカチだろう絹のそれに、悠莉は白濁《はくだく》を放った。

「――んっ。灰音さん、今、動いちゃ、や……っ」

遂情《ちくじょう》の余韻《よいん》に震えてうねる筒を押し広げられる快感は大きすぎ、気が狂いそうになって怖い。

涙をこぼして嫌だと訴えたが、灰音は聞き入れてくれなかった。溶けきった柔壁のなめらかな吸いつきを愉しむような深い律動を数度繰り返したあと、悠莉の最奥《さいおう》を熱く濡らした。

「あ、ぁあ、ん……」

愛された証《あかし》の熱の奔流《ほんりゅう》を感じて震えていると、精を吐き終えた灰音に強く抱き締められた。深い満足を感じさせるその力が嬉しくて、ハンカチごと両手で押さえこんでいた茎に、また微かな芯が灯ってしまう。

「……あと三分で、ちょうど時間だな」

しばらくの間、汗でしっとりと湿った悠莉の髪を撫でていた灰音は切りをつける声でそう言い、シートの位置を元に戻した。

「ほら。中のものを拭ってやるから、腰を上げろ」

「……灰音さんのこのあとの仕事って、何かの会議とかですか？」

捜査本部が立っていれば、深夜に会議が行《おこな》われることもあると聞く。また庁舎に戻らねばならないのだろうかと思って尋ねると、「いや。書類仕事だ」と返される。

「じゃあ、あと三十分」

悠莉は上目遣《うわめづか》いに甘えた声を出す。

「何？」

「もう一回、したいです」

少し膨らみがなくなったものの、まだ十分に太い楔に濡れた媚肉を絡みつけ、悠莉は腰を揺らした。

今まで、セックスをねだって断られたことはない。だが、一瞬の間を置いて低い笑い声が聞こえてきたかと思うと、「今晩はここまでだ」と鼻を摘《つま》まれた。

「あの下品な上司に、セックスは一度にして、体力は温存しておけ、と言われたのを忘れたのか？　それに、私も明日は神経を消耗《しょうもう》する一日になりそうだから、君に精気を絞《しぼ》り取《と》られては困る」

「何があるんですか？」

指先に悠莉の髪の毛を巻きつけながら、灰音は「母方の祖父の十七回忌《き》だ」と言った。

「祖父の十二人の孫のうちで、子供がいないのは私ひとりなのに、留美とああいう別れ方をしたからな。離婚後にまだ一度も親戚《しんせき》一同が集まる場所へは顔を出していなかったし、明日はきっと嫌味の集中砲火《ほうか》だろう」

「……灰音さんの家のこと、初めて聞きました」

そうだな、と灰音は笑う。

「灰音さんのお祖父《じい》さんって、どんな人だったんですか？」

「さっき、君が爆発を起こしたと勘違いした工場があるだろう。あの会社の創業者だ」

「え？」

悠莉は驚いて、振り返る。先ほどのような大きさではなかったが、燃焼塔からはまだ赤々とした炎が夜空に高く噴き上がっていた。

正式名称を「フレアスタック」というらしい、その火を噴く細長い塔の機能や仕組みを灰音はかいつまんで説明してくれた。だが、耳馴染みのない言葉を澱《よど》みなく繰り出し、普段よりもいっそう怜悧《れいり》に見える灰音の顔に見惚《みと》れていた悠莉には、あまりよく理解できなかった。

「それで、あそこは何の工場なんですか？」

「君は、人の話をちゃんと聞いていたのか？　石油だと言っただろう」

「……灰音さんって、やっぱりお坊ちゃまだったんですね」

「君よりはまあ多少そうだろうが、その妙な呼び方はやめろ」

灰音は鼻筋に皺を寄せて言うと、闇に浮かび上がって輝く工場の群れへゆっくりと視線を向けた。

「美しいだろう」

「……ええ、そうですね」

やはり、恋をしていると目がずいぶんとおかしくなる。

最初は、ただ不気味なだけの異様な光景にしか見えなかった。なのに、灰音にゆかりのある場所だとわかった途端、それはまるでガラスの曇《くも》りを拭《ふ》きとられたかのような唐突さで、清冽《せいれつ》な美を宿し、煌《きら》めき始《はじ》めた。

「祖父には孫の中ではなぜか一番可愛がられて、小さい頃、夏休みになると、よくこの先の埠《ふ》頭《とう》へ夜釣《よづ》りに連れてこられた。それがきっかけで、この光景に病みつきになった」

「工場の夜景に、ですか？」

「そうだ。君は以前、私に趣味は何だと尋ねただろう。これがその答えだ。まあ、最近は、実際に見に来るより、DVDでの鑑賞ていどになっていたがな」

灰音が自分で撮影《さつえい》までしていたのかと驚いたが、世の中には灰音と同じ趣向を持つ者が多いらしく、工場の映像だけを集めたDVDや写真集が多く市販されているのだそうだ。その工場のDVDを観るためだけにあのシアタールームを作ったと言うのだから、灰音の工場好きは筋金入りのようだ。

「……あの、ここへ連れてきてくれたのって、灰音さんの趣味を教えてくれるためだったんですか？」

悠莉は眉をしかめて問う。

「あれほどうるさく私の趣味を聞きたがっていたくせに、何か不服なのか？」

「そういうわけじゃないですけど、俺が海へドライブに行きたいって言ったから、連れてきてくれたのかと思ってたんです……」

自分の推理が外れていたことに、悠莉は少し落胆《らくたん》する。

「ああ。そう言えば、そんなことも言っていたな」

俯いた悠莉の両頬を温かな掌で包みこみ、灰音は柔らかく笑んだ。

「そっちもそのうち、どうにかしよう」

「じゃあ、また、デートしてくれるんですか？」

「そうだな、近いうちに」

灰音の口元に、柔らかな笑みが浮かぶ。

夢に見たイブのデートが実現するかもしれないと舞い上がり、悠莉は声を弾ませて「明後日の夜は？」と訊《き》く。

「明後日は――二十四日は金曜日ですよ」

「その日は無理だ。忙しくて、帰ってこられるかわからない」

「そう、なんですか……」

膨らんだ期待が一瞬で弾けてしまい、細く溜め息が落ちた。

「拗ねるな。君が喜びそうな日に出かけられない代わりに、指輪を遣《や》っただろう」

吐息《といき》をこぼした唇を、灰音の指になぞられる。

「ちょっとがっかりしただけで、拗ねてません。子供じゃありませんから」

「そうか」

明らかに、まったく信じていない様子で灰音は薄く笑い、悠莉の左手に指を絡めて胸元へ引き寄せた。

「この指輪のルビーは、私が生まれたときに祖父から送られた誕生石で、それと同じくらい上質のものは、今ではもうほとんど採れないそうだ。バッジのように再交付はできないから、酔《よ》って落とさないように十分、気をつけろ」

「え。……い、いくらくらいするんですか、これ」

急に指輪を嵌めた左手が重たくなった気がして、こわごわ尋ねる。

「無粋《ぶすい》だぞ。贈られた物は、値段など訊かず、大事に持っておけ」

窘《たしな》められて、胸に深く嬉しさが満ちた。灰音の肩に抱きついて「はい」と頷くと、結合したままの臀部を軽く叩かれる。

「そろそろ時間だ。腰を上げろ」

「あと三分だけ、このままでいてください」

もう少し、灰音の熱を感じていたくて、悠莉はその胸にもたれこむ。

「まったく、甘えたがりの子供だな、君は」

呆れた声音で言った灰音はそれでも悠莉の我儘《わがまま》を聞き入れてくれた。

髪を優しく梳かれながら、悠莉は左手の薬指で鈍《にぶ》く光る銀の環《わ》をうっとりと見つめた。

そして、潤んだ蕾にしっかりと咥《くわ》えこんでいた愛しい雄を、本気で怒りだした灰音に力ずくで引き抜かれるまで、「あと三分」を繰り返し続けた。

「おい。話が終わったら、バッジは月曜まで財布にでも仕舞っておけよ。異教の祭りに馬鹿みたいに浮かれまくって泥酔《でいすい》して、また失《な》くしたりしたら、三ヵ月タダ働きさせるぞ」

一昨日《おととい》のメールには深刻なことではない、と書いていたものの、留美《るみ》は大伴《おおとも》には「込み入った話で、長くなりそうだ」と伝えていたようだ。打ち合わせが済めば直帰でいい、と言われ、その準備をして事務所を出ようとしたとき、背後で大伴の声が低く響いた。

大伴は今朝《けさ》からとても機嫌が悪い。

儲《もう》かると踏み、猛《いき》り立《た》って引き受けた骨肉の遺産争いの依頼が、理由は不明だが、今朝方、電話一本であっさりと解除されてしまったからだ。そのせいで意気消沈《いきしょうちん》した大伴は、一時の気分の高揚《こうよう》によって悠莉《ゆうり》に二度目のボーナスを出してしまったことを後悔し始めたようだった。失態を防ぐための忠告というより、どこか紛失《ふんしつ》を期待しているような声音に頬を引《ひ》き攣《つ》らせて「はい」と返事をし、悠莉は留美に打ち合わせ場所として指定されたホテルへ向かった。

オルトリッジ・ホテルは、都心とは思えない緑豊かな広大な庭での四季折々の催《もよお》しものが有名な高級ホテルだ。巨大なクリスマス・ツリーの飾られたエントランスを抜け、ラウンジを見渡したが、約束の時間には少し早いせいか、やはりまだ留美の姿はなかった。

華《はな》やかに着飾った人々が行き交う聖夜のラウンジは、ざわめきさえも煌《きら》びやかに輝いているようで、その豪奢《ごうしゃ》な雰囲気《ふんいき》に気後れを感じながら、隅《すみ》のソファに腰を下ろす。

リクルートスーツよりは幾分《いくぶん》上等だが、吊《つ》るしのスーツではひどく場違いな気がして、落ち着かない。いったい、留美に何があったのだろう、と心配しつつそわそわしていると、「椿《つばき》原《はら》様でしょうか」と柔《やわ》らかな女の声がした。

「あ、はい」

頷《うなず》いた悠莉に、ホテルの従業員らしい女がにこやかな笑みを向けた。

「草壁《くさかべ》様から、お部屋にご案内するように申しつかっておりますので、こちらへどうぞ」

そう促《うなが》され、女のあとについてエレベーターに乗ると、案内されたのは最上階の部屋だった。

扉口から見回しただけでは、どこまで続いているのか、まるで見当もつかない広さに、悠莉は啞然《あぜん》として瞬《またた》く。

「……あ、あの、留──草壁さんは？」

ホテルのスィート・ルームに足を踏み入れるのは生まれて初めての経験で、怯《おび》え混《ま》じりの戸《と》惑《まど》いがみっともなく顔に出た。

「間もなくご到着されるとのことです。何かご用の際は、お呼びくださいませ」

緊張をあからさまにする悠莉に女は完璧《かんぺき》な笑みを見せて頭を下げ、部屋を出ていった。

ひとり残された悠莉はおどおどとリビングに向かい、ソファの隅で縮《ちぢ》こまって留美を待った。

単なるインテリアの一部なのか、それとも客へのクリスマスのサービスなのか、ソファの前のテーブルには鮮《あざ》やかな色の包装紙で丁寧《ていねい》に包まれた箱がいくつも積み重なっていた。

眩《まばゆ》いシャンデリアやグランドピアノ、そしてこの部屋専用のツリーの置かれたリビングの窓の向こうに美しく浮かび上がる宝石を散りばめたような夜景。人目などないのに、賑《にぎ》やかだったラウンジよりも自分が異分子だということを強烈に感じさせられるこの部屋のほうが、居心地が悪い気がする。

内密にしたい話ならば、どこかのレストランの個室にでもしてくれればよかったのに、と少し恨《うら》みがましい気持ちを覚え始めたとき、部屋の扉が開く音がした。

見遣《みや》ったそこに立っていたのは、留美ではなく、灰音《はいね》だった。

「待ったか？」

驚いて目を瞠《みは》る悠莉の頤《おとがい》を指先で掬《すく》い上《あ》げ、灰音は笑う。

「……灰音さんも呼ばれてるなんて、留美さんに何があったんでしょうか？　赤ちゃんのことらしいですけど、灰音さんはどんな話か、知ってるんですか？」

仕事があるはずの灰音が駆けつけるくらいなのだから、よほどの異変なのだろうか、と焦《あせ》って腰を浮かしかけると、「鈍《にぶ》いにもほどがあるぞ」と灰音が眉根《まゆね》を寄せた。

「留美は来ない。彼女は、君に用などないからな」

「え？　だけど、留美さんとの打ち合わせの予約ですよ、これ……」

まだ状況がよく呑《の》みこめず、悠莉は首を傾《かし》げて灰音を見遣る。

「君を呼び出すよう、私が留美に頼んだんだ。そうでもしておかないと、あの柄《がら》の悪い男がいつまで君を働かせるか、わからないからな」

言いながら、灰音は腕を引いて立たせた悠莉の腰を抱き寄せ、自分の下肢《かし》に押しつける。

「――あっ」

「八時に食事の予約を入れてあるが、それまで君の射精《しゃせい》ショーで愉《たの》しませてもらおうか」

そう告げられて、悠莉はようやく、これが灰音の仕組んだクリスマスの外泊デートなのだと理解した。

一昨日の夜、「近いうちに」と笑んだ灰音の言葉が意味していたのは、このことだったのだろう。

「この前は、窮屈《きゅうくつ》な車の中で一度だけだったから、君も物足りなくて、欲求不満だろう？」

スラックスの上から蕾《つぼみ》を擦《こす》られて、その摩擦熱《まさつねつ》が身体に淫《みだ》らな火を灯《とも》す。

「や、ぁっ」

布越しに入口の襞《ひだ》を広げるような巧《たく》みな指の動きに腰が砕《くだ》けそうになり、悠莉は灰音の胸にしがみついた。

「あ、あのっ、食事って、このホテルのレストランですか？」

当たり前だ、と灰音は笑い、悠莉の唇を音を立てて啄《つい》ばんだ。

「だけど、俺、こんな格好ですし……」

このホテルのレストランは、格式の高い一流店揃《ぞろ》いだ。一応、スーツなので入店は断られないだろうが、正装した客ばかりの店内では安っぽさが悪目立ちするに違いない。

自分を連れていることで、灰音も嘲笑《ちょうしょう》を浴びてしまうのではないか、と心配になる。声を沈《しず》ませて俯《うつむ》くと、灰音が「君の服なら、そこだ」とテーブルの上を視線で示す。

「七五三の貸衣装にならないよう、下着から靴《くつ》まで、君の赤毛が映《は》えるものを選んである」

「……今晩は忙しいって言ったくせに、嘘ばっかり」

涙が込み上げてきて、積み重ねられた色とりどりの箱が視界の中でじわりと撓《たわ》んだ。

「君は少し、人を疑うということを覚えたほうがいい。弁護士なら、なおさらな」

揶揄《やゆ》する口調で言って、灰音は悠莉の蕾に指を突き立てた。

「——あ、んっ」

高い嬌声《きょうせい》が、喉の奥から迸《ほとばし》った。

留美との面談が済めばそのまま帰宅するつもりだったので、食事当番の鈴《すず》に、夕食は家でとる、と伝えてある。予定が変更になったことを早く連絡しなければ、あとできっとうるさく文句を言われるだろう。

けれども、全身に広がる熱い歓喜の疼《うず》きが、そんな理性をぐずぐずと溶かしてゆく。

下着の中で形を成《な》し始《はじ》めた欲望を、悠莉は灰音のそれに擦《こす》りつけた。せっかく予約をしてもらったレストランにも行けないかもしれない、と半《なか》ば確信めいた淫靡《いんび》な予感を覚えながら。

あとがき

鳥谷しず

初めまして、こんにちは。鳥谷《とりたに》しずと申します。

未熟さ満載《まんさい》の初文庫ですが、少しでもお楽しみいただけましたでしょうか。

表題作の「スリーピング・クール・ビューティ」は、「そうだ、京都行こう」的にある日突然「そうだ、赤毛の恥毛弄《ちもういじ》りを書こう」と思い立って書き、幸運にも小説ディアプラスに掲載《けいさい》していただけた投稿作です。掲載号のコメントにも書きましたが、ゲラに「ちもう」と振られたルビを見るまで、私はなぜかずっと「恥毛」の読み方は「チゲ」だと思い込んでいました。

そして、冬に韓国料理店へ行くたび、「何て破廉恥《はれんち》な名前の食い物なんだ！　注文するとき恥ずかしいじゃないか!!」と心の中でひとり憤慨《ふんがい》しつつ、毎回のようにお鍋《なべ》のチゲ様を注文して食しておりました……。

破廉恥なのも、恥ずかしいのも私の頭だったわけですが、今考えてみると、このアホすぎる勘違いがあったからこそ、恥毛↓チゲ↓お鍋のチゲ↓チゲ＝赤い↓赤毛の恥毛弄りということを思いついたような気がします。チゲ様々です。

続篇の「マイ・ディア・チェリー・レッド」でも小《こ》っ恥《ぱ》ずかしい勘違いを数々さらし、担当様がそっと入れてくださった訂正を見て、部屋の中でごろごろ転げ回ってしまいました。

こんな話の流れで恐縮《きょうしゅく》ですが、萌《も》え死《じ》にしそうなほど素晴らしいイラストを描いてくださった金《かね》ひかる先生、本当に本当にありがとうございました！　ずっとファンだった金先生にデビュー作のイラストをつけていただけて、夢のようでした。

担当様をはじめ、私を拾ってくださった編集部の皆様、大変お世話になっておきながら、著者校でとんでもないご迷惑をおかけしましたこと、深く反省しております。次回はもう少し進歩したところをお見せしたいと思っておりますので、今後ともご指導よろしくお願い致《いた》します。

そして、この本を手にとってくださった皆様に心より感謝申し上げます。

もしも少しでもお気に召されましたら、来月発売の小説ディアプラス二〇一一年フユ号に、文庫には入らなかったこのSMバカップルのその後を書いたSSと、第二作を載せていただいておりますので、ぜひよろしくお願いします。私以外は超豪華な先生方ばかり、しかもCD付きのゴージャス特大号なので、お買いになって損はないはずです！　ちなみに、第二作は、ちょっとツンな受が、刑事時々神主《かんぬし》の変態に乳首《ちくび》を弄られる年下攻の話です。

それでは、またどこかでお目にかかれますように。

スリーピング・クール・ビューティ

スリーピング・クール・ビューティ

この本を読んでのご意見、ご感想などをお寄せください。
鳥谷しず先生・金ひかる先生へのはげましのおたよりもお待ちしております。
〒113-0024　東京都文京区西片2-19-18　新書館
[編集部へのご意見・ご感想] ディアプラス編集部「スリーピング・クール・ビューティ」係
[先生方へのおたより] ディアプラス編集部気付　○○先生

初　出
スリーピング・クール・ビューティ：小説DEAR＋10年ハル号（Vol.37）
マイ・ディア・チェリー・レッド：書き下ろし

新書館ディアプラス文庫

著者：**鳥谷しず**［とりたに・しず］
初版発行：**2010年11月25日**

発行所：**株式会社新書館**
［編集］〒113-0024　東京都文京区西片 2-19-18　電話（03）3811-2631
［営業］〒174-0043　東京都板橋区坂下 1-22-14　電話（03）5970-3840
［URL］http://www.shinshokan.co.jp/
印刷・製本：**図書印刷株式会社**

定価はカバーに表示してあります。乱丁・落丁本はお取替えいたします。

ISBN978-4-403-52258-1